睡蓮

長屋のり子詩集

長屋のり子

野草社

この詩集を二十五歳で死んだ妹のみずみずしい乳房に捧げます

睡蓮　長屋のり子詩集　目次

I

II

III

IV

ブックデザイン――堀渕伸治◎tee graphics

I

睡蓮

あなたの帰って来た
　　　　　音を聴いたので
僕は　それから
　　　　　水蓮の花のように睡った
あなたは　それから
　　　　　いつまでも泣いていた

緑の石

寂しかったので、
私は今日、石になった。
悲しみの気泡が詰まって
スポンジのように脆くなった
肉体を脱いで　骨だけになってみた。
（脊椎動物の骨は燐灰石《アパタイト》……）
まず、ロジェ・カイヨワのように
逆光の森の風景を熱く
骨に抱かせた。
風の音を抱いた。

鳥の聲を抱いた。
いつもの石になる儀式。
私の燐灰石《アパタイト》はゆっくり膨らんで、
ほどよい大きさの緑の石になる。
緑の石になると、仄かに陽溜まりがのって、
私は温かい。
蝶が私を踏む。
小鳥達が私を踏む。
《石からはじまると／世界はもう崩れることがない》
懐かしい詩人の言葉を私は反芻する。
雲の翳が私を踏む。
陽炎が私を踏む。
蝉の夢が私を過ぎる。
私はいつまでも温かい。
柔らかな春の土に少し沈めば

石の命はこんなにも温かい。

寂しかったので、
私は今日、ゆるゆら微睡《まどろ》む緑の石になった。

ラスコーリニコフ*

跨《また》ぎ超えなくてはならなくて
私の愛しいラスコーリニコフは
今日も斧をふりあげる。
金貸し婆ァを殺した記憶、
リザヴェータをすら殺した記憶、
深沈とした激情を、
叩き割っている。
スコォーン。
スコォーン。
山は、　ちちろちちろ燃えたつ夕日。

（魂は、遠い日、ひびわれたまま、
　泣いているのか、ラスコーリニコフ）
薪割るあなたの背中が金色に縁取られて揺らめく。
殺さなければならなかった。
殺さなければならなかった。
スコォーン。
スコォーン。
私の愛しいラスコーリニコフは今日も
イタヤカエデを断ち割る。
ナナカマドを断ち割る。
跨ぎ超えなくてはならない不条理の斧にも
血のようにちちろちちろ夕日が踊る。

＊ロジオン・ロマーヌイチ・ラスコーリニコフ。
ドストエフスキーの長篇『罪と罰』の主人公。この名前、ラスコーリニコフは「分離」「分裂」に由来する。これを動詞に転ずれば、斧などで断ち割るラスコローチ。

十三月

十三月のカレンダーをめくると……
と囁かれて
私はしんとする。
十三月はいつ過ぎたのだろう。
十三月のカレンダーは
熟し足りないアボカドの皮をむくように
きしきしと不具合に鳴る。
不安な窓を開け放つと
黄色い花を蜜のように光らせた
菩提樹が見える。

樹の下に痩せた男が憩う。
それにしても
十三月を私は誰と過ごしたのだろう。
遠い荒寥の森ではひっそりと
青い焚き火が燃えている。
カレンダーをめくるというささやかな儀式に
私は躓《つまず》いて揺れる。
ピンク色の大脳が頭蓋の中で
朦朧として眠たい。
エリック・クラプトンが深い腹式呼吸をして
十三月に歌っている。
中世を模倣してお白粉《しろい》を塗りたくった
『クリーム』*達の奔放な演奏が跋扈《ばっこ》する。
聴こえる　醒めた熱狂《フォーリア》。
無いレコードの　溝の刻まれないB面では

知らないお白粉の顔（月のようなる……）が
涙を流している。
菜花の青臭い息が匂う。
私に嗄《しやが》れ声で囁きかけた
十三月の不審な男は何処だ。
物体性のない十三月は　誰だ。

＊エリック・クラプトン他による伝説のロックトリオ。ロックにおける即興演奏はここから始まる、とされる。

雲の接吻

海の端に今　成層圏から降り立ったばかりの
初々しい二片の雲が波間をまるで歌うように
すべり寄って
めざましく明るい　接吻をする。

海に瑠璃色の光。

《海のうねりの荒々しくならないうちに　さあっ》
《海神《ネプチューン》はひどい妬きもちやきだから　さあっ》

美しい詩のような接吻をする。（少女の……）雲。
恍惚と接吻をする。（少年の……）雲。
頬をあえかな薔薇色に染めて　もう一度
脳髄が透明になるような接吻をする。雲。ふたひら。

顫《ふる》える水平線。

私達は今　空にいるの？
　　　　　海にいるの？

僕たちは此処
遙かなところにいる。

私達は今　空に映り
　　　　　海に映る

光るもの？

そう　僕たちは此処
海底からの　春の気泡　生まれるところにいる　輝くもの。
天底からの　希望の気泡　降りそそぐところにいる　眩しいもの。

ゆるやかに宇宙に拡大する雲の接吻。

《明日は鎮火の水蒸気になって　悲しみの戦場におりるのだから　さあっ》
《ほほえみ消えた西方の空への旅を急ぐのだから　さあっ》

海

雲になりたい　と
水は憧憬《あこ》がれ
水になりたい　と
雲が憧憬がれる。
純粋に水と雲とは
惹かれあって
八月の
ハリウスの海は
こんなにも深い
壮大な群青《プルシャン・ブルー》。

私は透きとおる風のような
ソーダ水を飲みながら
海にすべり堕ちる
流れ星になりたい　と
思っています。

蜥蜴《とかげ》

腐っていく果実のように
重い熱を孕んで
僕は　人を憎みつづけてのたうっていた。
薔薇の花が咲き了《お》え
星座の位置が変わったことにさえ
少しも気付かなかった。
逝った星オリオンが帰ってきて
光芒をこまやかに顫わせているというのに
僕の心は頑《かたく》なで
天空の祝祭さえも邪険に押しのけて

僕は太陽よりも熱く
憎悪の核を分裂させつづける。
憤怒を狂奔する。
杳《よう》として見えない戦慄の行途《あてど》を
血まみれで踏みしだいている。
こんなにも心を痙攣《ひきつ》らせて
あゝ　僕は
飢渇する蜥蜴のようにグロテスクだ。
憎しみ
僕は
僕は
弥撒《ミサ》を聴く
カブト虫ほどに
孤独だ。
僕はやがて天を焦がして

荒々しく　草原を焼くだろう。
星雲さえ焼くだろう。
そして　やっと
祈祷する蜥蜴になる。
そして　やっと
野に沈む。

エメラルド色のそよ風族

白状しよう
私達はエメラルド色のそよ風族
エメラルド色の水精《ニンフ》に吹く
エメラルド色の大熊星《だいゆうせい》に吹く
エメラルド色の一角獣に吹く
エメラルド色の幻暈《くるめき》に吹く
エメラルド色の熟睡《うまい》に吹く
エメラルド色の青鬚《あおひげ》に吹く
エメラルド色の睡蓮に吹く

1960《かつて》年新宿風月堂に熱く吹き溜まった
エメラルド色のそよ風族

エメラルド色の昨夜《よべ》に吹く
エメラルド色の裸形に吹く
エメラルド色の母音に吹く
エメラルド色の詩神《ミューズ》に吹く
エメラルド色の美酒に吹く
エメラルド色の流星群に吹く
エメラルド色の流刑人に吹く

1960《かつて》年新宿風月堂で
倨傲《きょごう》の者として肩そびやかした
エメラルド色のそよ風族

エメラルド色の対自核に吹く
エメラルド色の狼に吹く
エメラルド色の僧侶に吹く
エメラルド色のミシンに吹く
エメラルド色の蝙蝠傘に吹く
エメラルド色の短詩《ソンネ》に吹く
エメラルド色の十字架に吹く

1960年《かつて》新宿風月堂で
遠いインドガンジス河への回帰を夢みた
エメラルド色のそよ風族

エメラルド色の襤褸《らんる》に吹く
エメラルド色の拝跪《はいき》に吹く
エメラルド色の竪琴に吹く

エメラルド色の娼婦に吹く
エメラルド色のアスタルタに吹く
エメラルド色の黒曜石に吹く
エメラルド色の接吻に吹く

1960《かつて》年新宿風月堂で
原郷への憧憬の胎衣をまとって蹲《うずくま》った
エメラルド色のそよ風族

エメラルド色の魔術劇場に吹く
エメラルド色の石の花に吹く
エメラルド色のジギタリスに吹く
エメラルド色の親愛に吹く
エメラルド色の牧羊神《パン》に吹く
エメラルド色の贖罪に吹く

エメラルド色の曙光に吹く

私達は明日、北の地に
茄子を植え、瓜を培う
エメラルド色のそよ風族

白状しよう
私達は２００３《いま》年、大地の頌韻《しょういん》を聴く
エメラルド色のそよ風族

さあ　火を焚こう

苦しい夢（岸も底もない暗い池の水面を逃れられない……）
に捉われた冬の朝々
《さあ　火を焚こう》
死者達のしめやかな掌が冷えた肩におかれて
私を目醒めに導いてくれる
九十キロの鉄の塊　薪ストーブが
流氷の温度で　火の満たされるのを待ち受ける
灯油のしみたオガ屑を一掬い
《枯枝はこんな風に……》
死者達の掌が添えられて組み立てるオベリスク

《火を焚くことは祈りだから……》
死者達が音曲のように囁く
火を放てば　シュッと鋭い音を立て
蛇の舌のような青い光を吐き出して
鋼の立方体の空洞が　瞬時に明るい宇宙になる
パチパチ　シュルシュル　ボウボウボウ
私が唱い　死者が唱う
オレンジの炎達の踊るユーモレスク
《さあ　次は己《おの》れを焚きなさい》
物静かな死者の声にそそのかされて
私は手応えの確かなダケカンバの薪木
(こんなにもあらたしい　樹の生きた日の　光の記憶
　風の記憶
　万象とさし交わした生体の親昵《しんじつ》　森を渡った始源の音楽すらひそんで……)
を一本火炎の中に周到に押し入れる

私の死体は宇宙の地熱の中に沈み　静かに潔く抱きとられる
足　胴　首　頭
私の細胞のひとつひとつを　ちろちろと炎が舐める
私の胸懐を眩《まばゆ》く交叉する　火の粉の流星群
樹皮を反り返らせて　私は大気圏に突入した隕石のように炎上する
私の多量の脂を含んだ肉体が縹渺《ひょうびょう》と溶けて
（樹々の全き死とともに……）失われていく
生きた日のあらゆる私の不条理が燃える
夜の奥のような私の苦患（悲惨）が燃える
暗く輝いて痛切の記憶が燃える
重すぎた思考の歪みが燃える
一条よぎった紺青の光は　あれは悲鳴ではない
みずみずしく豊かに匂いたつ　私の歓喜　官能
熱い骨になった　私の懐かしい安定
温かな灰になった　私の稠密な解放

私を燃やしている　私の亢《たか》ぶり
実在する私の清々しく加速する脈搏　喜悦のリズム
芒々の想念も　黄色く火炎に縁どられて浮遊する
実体の私も既に　仄光る白い球体
パチパチ　シュルシュル　ボウボウボウ
《もうすぐ　朝が始まる》
呟く親しい死者達の　その眼差しの静かな迫力

ストーブの中の遙かな地平線からも
ギラギラと溢れる新生の朝陽

繭

ゆらゆらと草の萌えるながい春
ここにいると
世界が無音になるので
このごろずっと
私は　デボン紀の繭の中にいる。
球形の空がぼうっと
薄く視えることもあるけれど
ほとんど　何も見えていない。
ここは誰にも浸蝕されない。
何処からも圏外。

ひたすらな記憶だけが　漂っている。
繭の中で
私の胸　の光が明るんで
ヒヤシンス色に燃えている。
光　は濃く匂ったり
薄く匂ったりする。
不安な鉱石の匂いがする。
それで　時々　喉が渇くので
繭《コクーン》の中で　ゴクンと
薄くたゆたう空気をゆっくり飲み込む。
コクンと喉を鳴らすたび
繭の温度が　らせん状に
少し下がるのが分かる。
頭上を光りながら
ゆらゆらめぐる過ぎた絵を

前頭葉の磁石が吸いよせている。
記憶の波間で　人さし指が
時折　匂う。
獣の匂い　が
濃くなったり
薄くなったりする。
私の人さし指を唇で
薄く抱えて
ハープのように
深く浅く吸い
なぞりつづけた人がいた。
私の指は濡れてうすみどり色だった。
胸に棲む鬼の　角《つの》に似ていた。
悲しかった。
大熊座が冷えていくね。

その日が
アンモナイトの化石のように
遠い。
はてない恋情　なのだろうか。
繭の中で　私の心臓の音だけが
ズムズムと
まるでコントラバスのリズムになって
響いている。

グランマ　僕
「繭」という字が
書けるよ。
灰青色の瞳もつ
美しく柔らかな
少年の声が　風になって

私の繭をゆすって
強く　弱くノックする。
聴覚の仄暗い片隅で
私はその
透明な液体のような音を
捉える。
私は繭の外の
まだつながっているもの
静かに血を流しつづけるもの
のことを
不意に憶い出す。
繭のとびらをそっと押しあけると
やっと　繭の外の
春の陽差しの光芒が見える。
くっきりと見開いた

少年の藍色の眼と
少年の足元の
発熱した草いきれが見える。

憧憬の蝶

エッシャーの描く鳥のような
定番の　類型的な輪郭を持つ鳥の群が
鋭利な黒い影を空間におとして
礫の速さと　意志ありげな凶暴さで
通りすぎたあと
海に大きな白い蝶がゆっくり
旋回するのを見た。
《初蝶！》と歓喜して
その画像を心に結ぼうと
一瞬　瞼を深く閉じると　その間に

私の老いた曖昧な眼球は
蝶を見失ってしまったが
勇んで　そのことを季節の一大ニュース
として夫に告げると
彼は言下にそれを否定する。
《まだ　世界はこうして
　立ち枯れたままだ。
蜜の気配なしに蝶の飛ぶ道理がない。
幻が通りすぎたのだろう。
春の気配が通りすぎたのだよ。
北域の蝶はまだ　天空に待機中だ》
私に大きな熱いカフェオレのカップを
これこそがあまやかな春の大気の予兆だ
という風に手渡しながら
ゆるやかに呟く。

強い憧憬が幻の蝶を見せたのだろうか。
カフェオレの熱さが周章して
食道と胃腑を灼く。
熱いマグカップのへりを　狼狽が巡る。
動揺する視座を仕切り直すと
海が光る。

遠い鴎が光る。
遠い鴎が光る？　光る？　ううん？
《遠い鴎も白蝶に似る。
　ビギナー詩人は　ふふ
熾烈に夢を仮託する。
不可視のものを可視にする。
海に翔つ蝶は
ヒヨッコ詩人の心に降臨する幻》

夫は揶揄することをやめない。
先刻　眼裏《まなうら》に収めた画像を
スローモーションで立ち上がらせると
ぶれなく確かに眼前の風景に整合する。
《嘘を云ったつもりはないのよ》
さきがけの蝶か
いやはての蝶か
海の蝶は確かに　しなやかに私に舞った。
それでも私は　今朝の真新しい太陽が
海に投じた翳のように
赫々と赤面して揺れる。
カフェオレのミルクの膜が
舌の上で甘いコヨリになる。
《夢の澱《おり》……。イメージの齟齬《そご》……》

春の気配が　その目的を明確に見据えて
海面に降りたち　天空の紺青と呼応して
闊達に　両棲動物のようなその手を
ちぎれるほどに振り合っている。

この美しい目映《まばゆ》い希望
（見えない蜃気楼……）
のために　私達は
夢みるように単純自明の錯誤を繰り返して
（幻の仮託をつないで……）
あやうく　今日を生きる。
生の翳を
静かに温もり始めた春の土に映して
今日も生きのびる。

蝶

合歓の樹の優しい旋律の下の
水の辺《へ》りにとどまって　今
静かに水を飲む蝶は
あれは　私だ。
あやかな薄絹の帆の静止。
ふるえる絹糸の舌。
喉にまき込まれる水《したたり》。
不思議な明るさの中で
蝶の意味も　私の意味も斉同《せいどう》で
長閑な丘の縁の水たまりに映っているのは

澄み切った激しさで空ゆく真夏の白い雲　で
やわらかな細胞をもつアオスジアゲハ
（何という神秘な色彩体）で
そして　私の静かに満ちたりた
角砂糖のような全人生　だ。
幸福な物化の徴《きざ》し。
ゆるやかな拡がり。

水たまりは　日溜まり。
千のレンズがきらきらと豊麗に反射する。
周の夢に　胡蝶となれるか
胡蝶の夢に　周となれるかを知らず。*
蝶の幸福が私の過去《こしかた》の全てだ。
こよなく愛しいこの水たまり
（幸福のはじまりはいつもこのゆらめき。

ひたひたと水の精たちのささやきが
　聴こえる）に　今
映す蝶の無上の生命。
（死も愛もつかのまの真実……
　というのは嘘で……）
私も亦　この懐かしい水たまりの淡い水辺を
青き羽もつものとなり
ひらひらと巡り漂って
生の蜜を啜る。
生命のかわきを潤す。
水の縁に止まり
恋慕の極まりの口づけのように
貪婪《どんらん》に吸い上げる。
私達はこうしてあたえつくして奪いつくした。
私達はいつもほんとうにふれ合った。

私達のむきだしの純粋。交情。
喉から熱よりも熱い祈りが吹きあげる。

ギボウシの薄紫の花が
あえかに　揺れている。
愛の始まりのように
仄かに　匂っている
一瞬の永遠。
青い水に映る　精妙な彩りの
あの美しいものは
私の幸福な
（あるいは煩悶の……）
人生の全貌だ。
蝶のひとなつの生の短さで
（十年が千年と変わらないように）

私の生命の全部は
かぎりなく歩きつめてきたことを恃《ほこ》りに
愛の方向を間違えなかったことを矜《たの》みに
やがて　優しい水辺で逝くだろう。
そして　ゆっくりふるふると
生まれ変わるだろう。
雲の流れほどのこよない迅《はや》さで……。

水飲む蝶は
私の幸福な
（あるいは渇望の……）
全人生の姿だ。
水たまりの中に
耀《かがよ》う青空と風と陽。

＊荘子

II

栗

母の背中に
無数の柔らかな
晩秋の光が
矢のように射している。
母と私は
ふくふくとまるまって
栗をむいている。
庭はいちめんの白い秋櫻花《コスモス》の海。
まるで《宇宙》そのもの
の呼気のように　軽くゆっくり揺れている。

うつくしい透きとおった広がり。
地霊が振動する。
風が匂う　光が匂う　土が匂う。
影をさらに透きとおらせて
母が栗をむく。
白い鶺鴒《セキレイ》が尾を振るように
包丁の切っ先が
上下にスイッスイッと真光る。
太古からつづけた所作のように母娘は
静かに満ち足りて栗をむく。
記憶の鳥がひっそりと母の胸を
よぎる時にだけ
「あっ」
母は顔をあげて
私に　まっすぐに微笑む。

私は少し眼を伏せながら　微笑み返す。
遠い思い出に出会うとき
母と娘は
本当にいつも密接に結ばれている。
同じ憂愁　同じ夢想を
映し合う　ロールシャッハ。
「天の一番青いところに時間《とき》があるの」
母の声の麗質《れいしつ》。
遠い天空を指さして
くすくすと母が忍び笑う。
母の顔に陽差しが流れる。
キーンと澄みわたる
宙の芯には　一点の鳶が舞い
鴎が　時計の針のように飛んでいる。
母の青緑色の領土では　おおよそ午後三時。

母と私は陶然と栗をむく。
「すべては過ぎてゆくけれど
すべてが帰ってくるのね
　お母さん」
父のために　兄のために　妹のために
木の実をこよなく慈しんだ
眷属のために　夕餉のために
新たなる予感に弾んで栗をむく。
精緻にむかれた栗は
既に淡く蜜をにじませて
甘く香り　ほの光っている。
栗の実の熟れた陶酔。
むかれた栗の　輝くひとやまは
世界の幸福《しあわせ》の全重量に頡頏《きっこう》する。
私のこころをひたひたと

満たしてゆくもの。
透明な鏡のような時間が
ひかひかと気化する。
母の手は眩しく白く
母の声はどこまでも澄んでいる。
「粳米《うるしね》　に少しだけ糯米《もちよね》を混ぜて……」
と垂乳根《たらちね》の母が愛しい旋律で歌う。

清冽な空気と
蜂蜜色の陽光
変わらないありふれた
家族の懐かしい明るい　常の光景だ。
常でないのは
栗むく母が　十三年も前に此の岸を去って
　死んでしまった人だ　ということだけだ。

肉体《からだ》がこころのいれものだとしたら
それだけが非在だ。
陽が射しても母は
ハレーションのような光芒をまとうだけで
影が　ない。
死者達の囲む
明るくささやかな夕餉の膳のために
母と私は一心に栗をむく。
「あれからずっと　脳漿《のうしょう》を泳ぐものがいてね
その名前が　思い出せない」
とマリオネットの動きでゆるく母が
カッチンコッチン首を振る。
その尾を捉えそこねた
と云って優美に嘆き
流れる雲に向かって

魚の口をして　深く息を吐く。
「ほおうっ」
「ほおうっ」
　母から立ちのぼる無数の気泡。
浮遊する音楽の弦が不意に切れると
視野が円形になる。
母の匂い
海の匂い
ゆるい光の渦の中で
晩秋の栗を
ゆっくり　力込めて
キラキラと雲母のように
輝いた遠い昔日をなぞって
ひたりと刃をあて
幻の日の渋皮を丁寧にむく。

幼い日の呼び名で私を呼ばう
水のように優しい母の声が
秋櫻《コスモス》花の波から吹き寄せる。
芳香《フレグランス》が揺れると
母の輪郭を
薄く早い夕闇がつつみ始めている。
私の胸で遠く呼応するもの。
香る母。
香る栗。

カナリア

薄闇の中で
青い翅《はね》の　透きとおった虫を食べたので
私はいきなり時間を踏み外して
カナリアになりました。
お亡兄《にい》さんや亡妹《いもうと》に
そのことが告げたくて
三日月のような細い尖った歌を唱いました。
私だと分かるようにいつもの
『取り返しのつかない寂しい瞑想の歌』
を唱いました。

不自然な発声だったのに
妹がすぐに気付いて　月光を掌に受けて
冴え冴え飲みほしながら
「カナリアになるなんて」
きっぱりとそう云って嘆きました。
お兄さんは
「もともと僕達兄弟は　異類　だったんだ。
　カナァリア　カナァリア　それはきっと
　新しく紡がれる物語なのだよ」と
優しい声で私をカナリアと呼んでくれました。
お兄さんの示唆はいつも
詩のように過敏なほどに深いのです。
金糸のような月光を口に含んで
ルリルリ　ピシャピシャと
ほおずきのように愛《かな》しく鳴らしました。

頬が輝いています。
「翅によって漂泊するものたちの
翅脈《しみやく》の毒を　啜《すす》ってしまったのだから……」
お兄さんが云います。
「澄みきった複眼の水晶体まで
食べてしまって　それで
カナリアになるより　仕方がなかったのね
お姉さん」
妹が　身を震わせて泣いています。
月光が喉につかえて
イルミネーションのように光っています。
私はそんな禁忌の
危険な食餌をしたのでしょうか。
私は食べ残した青い翅を透かして
「ほらっ」とお兄さんと妹に見せます。

翅がきらめいて　息のむ鮮やかさで
月光に舞います。
未知のものの見せる類いない美しさです。
むさぼり残した小さな頭蓋の欠けらも
閃《ひらめ》いて　瑠璃紺色に降ります。
細い触角は風が攫《さら》いました。
地上に漂着した青い翅と頭蓋との失神を
揺さぶり起こして　月光が
さわさわと濯《あら》っています。
ヒューという呼吸音がして森に
一瞬　温気が放散されます。
地上にも　光る思惟のカナリアが
生まれたようです。
カナリアのみどりご。
美しい鳴き声が響交《ひびか》います。

「それでカナリアは金糸雀と書くのだよ」と
お兄さんが云います。
「カナリア　カナリア」
妹が鋭い声で私を呼んでいます。
「青い翅と　光の粒のような複眼を
食べることは……アウラ　アウラ
約束された聖戯だったから……」
お兄さんの声はどこまでもどこまでも
導師のように柔らかです。
「青い翅の紋様には　啓示のようなものは
描かれていなかったの?」
妹は嗚咽しながら　尚も
私を問いつめます。
浅黄色のマダラ蝶の一群が
水脈《みお》の明るさで

夜穹《やきゅう》をのぼってゆきます。
カナリアは右足を熱に灼かれながら
『取り返しのつかない寂しい迷宮の歌』を
負の刻印を帯びた歌を
少女の金糸の声で　アウラ　アウラ
何故？　何処へ？　と
歌いつづけてやまないのです。
透ける翅脈の緑青の毒を
啜ってしまったのですから。
時間《とき》の滑落《かつらく》に
身を委ねてしまったのですから。
栩《とち》の木が濃密な森で黒々と
樹冠を揺らしています。

「カナァリア　カナァリア」

遥遠の天の海で
濃い異種の血を頒かちもった
お亡兄《にい》さんと亡妹《いもうと》が
穢《よご》れていない声で　清々しく
私を呼んでいます。

母の幽霊

夕立の後　海に薄い虹が架かって
その半円がいつまでも
靄の中にたゆたった夜
お母さんが淡い影で顕《あら》われて
深い溜息をつきながら
幼い日のあまやかな呼び名で
私を呼ぶ。そして
「あのね　お母さんね
　幽霊になった夢を見たのよ」
と真顔で云う。

えっ　そんな筈が……という軽い動揺を
私は慌てて呑み込んで
何気なさを装って
どんな幽霊になったの　夢の中で
と母の言葉を柔らかに反復する。
「私よ　お母さんの幽霊よ。
私自身の幽霊がお母さんを訪ねてくれたの。
自分の幽霊を見るって不思議な気分……」
生きていた頃と同じように
母の眼が生き生きとした光を湛えている。
知的に挑戦的なこの眼に　私は絶えず
喝を入れられつづけたのだ。
（私の生はいつもひりつくばかりで
懶惰《らんだ》に流れた　から）
懐かしく息づく光が真っすぐ私に絡まる。

私は新鮮に昂揚する。
「私の幽霊が　私の背中を
こうして　ずっと撫《さす》ってくれるの。
背骨が温もって　いい気持ちで
お母さん　自分の幽霊に
いつまでも　よりかかっていたのよ」

こうして　と云って
母が私の背中に
さざっと廻した手の感触は
怯《ひる》むほどに冷たいのに
私を包む空気が少しずつ　少しずつ
温かになっていく。
白粉花の匂いが夢に満ちる。
真珠色の羽がしきりにひらひらと胸で舞う。
匂いも音も温度も

何もかもが濃密で私に親しい。
母はもう　十三年も前に死んだ人だから
私を撫っているのは　母の幽霊だ。
気付いて　母の夢の不条理がおかしくて
私は　クスッと笑う。
私は　母が　母の幽霊にしたように
母にもたれる。
「お母さん」
生まれる前に私
こうしてゆったり身体をあずけて
お母さんに慈しまれたのではなかった?
聞くと　母の手の動きが
くるりとリズムをかえて
私の背中を巡って　ゆるい円になる。
そのあたりに埋めこまれているらしい

私の磁場が　うっとりと反応する。
甘くけだるい。
「こうして　ゆっくりとね。
羊水の中でも眠ってばかりいて
ゆっくり回って　ゆっくり臨月《つき》を満たして
胞衣《えな》を脱ぐことも忘れて
生まれた子よ　あなたは……」
「お母さん」
私　青磁色の鬼の子のようだったの？
母の幽霊の後ろに　ぽおっと光を帯びた
薄い薔薇色の水の影が揺らめく。
空では光る雲が際限なく生まれる。
遠い日　羊水は
羊歯の葉や鉄粉の匂いがしたことを
私はゆくりなく憶い出している。

タンポポの汁のような
草のそよぎのような
胞衣の匂いも
もっと濃厚に憶い出せる。
私は尚も深く　母にもたれかかる。
私の胸は幸福な温い水で
たぷたぷ　さりさり　潮のように
水位がいっぱいになる。
母の幽霊によりかかる　母と
その母によりかかる　私と。
透明なカプセルが私達を被っている。
静かな青い包《パオ》。
一卵性双生児の姉妹のように
不思議に親密な溶け合う一体感。
「お母さん」

私　お母さんの命の更新をしたかしら。
私　お母さんとなら何回でも水をくぐるわ。
終わらない物語のようだと思う。
ほほ笑ましい　深遠な物語。
生も死もなく何億年もこうしていたい。
「ここは海底《うなぞこ》のようで
お母さんは海鞘《ほや》の化石のようで
あなたは海星《ひとで》の化石のようで
もう　何も悲しまなくていいのよ。
そうお母さんの幽霊が　私に囁いたのよ」
だから　もう
海市*の　生はとても寂しい　ことではない
「泣かない　ことね
崩れるものはこのあと何もない」
清潔な　端正な声で母が話し続ける。

母の骨が水琴のように鳴って透きとおる。
深く放射されるもの……。

母の重みのない白い掌が私の手を
そっと清らかに包んでいる。
そうして　母がもう一度
幼い日の呼び名で私を呼ぶ。
のんのん
のんのん
それは在った日の母の
朝ごとの健やかに響く
観音経にも似ていた。

＊蜃気楼

母の死

ごぼっとひとかたまり重い血を吐いて、
それっきり母はいさぎよく
生に見切りをつけた。
天空からくりだされた光の粒が病室に満ちると
私達を抱いた日の眩しい母の顔に戻って、
清らかに瞼を閉じ
額をもう青空の方へ向けていた。
癌に食い荒らされた惨《むご》い肉体をするする脱いで、
すっきり魂だけになった母は

ふわっと軽やかに光の糸を伝って昇華した。

もう遙かな天空で、
鞦韆《ふらここ》のように揺れている。

遠く
母。
雲母のように
母。
きらきらと
母。
透きとおる
母。
光る
母。

応答せよ

亡父《ちち》は生前　自分のことを俺とも僕とも呼ばず
ワタシでさえなく　ワタクシと丁寧に呼んだ。
《私はでございますね……》
少し喉にひっかかるような　男としては幾分高い声で
いつも静かに内省的に話を切りだした。
父は含羞の人であった。
子供達にさえ　まともに目を合わせることをせず
遠慮がちな物云いに生涯終始した。
生業《なりわい》の余暇をゆっくり享受して
何千枚かの丹念な日本画を描き

何万句もの俳句を作り
手練手管を弄することなく　そのどれもが単純素朴明快だった。
《私はでございますね　西鶴を目指しております》
などと　真顔で客人に告げてそのたび
手の甲を母に柔らかく叩かれた。
含羞の人である故に　確信的にそれ故に
過剰に父は家族に対して剽軽《ひょうきん》であった。
（道化という薄い皮膜をまとわなければ　血脈の通う者達にさえ
　その真情を吐露することが出来ぬほど　怯懦《きょうだ》であった）

良い絵が描き上がると　一刻も早くそれを
娘に見せたくて　朝未明から　私の部屋の前を
《父です　チチチ　チチチチ　父です》
と鳥の鳴き声を真似て右往左往した。
娘の部屋の扉を　ついぞ叩いたり　ましてや

押し開いたりすることの出来ない　律儀に小心な父だった。
私が起きあがれずにいると次は
《応答せよ》攻略にはいる。
《こちら　チチチチ　こちら父　応答せよ　応答せよ》
と尚もパタパタと鳥の羽搏く音たてて　騒がしく飛び廻る。
最後には悲しげな声まで造って
《こちら　チチチチ　悲運な父　娘に見放された不運の
父
　チチチチ　聴こえていますか　応答せよ　応答せよ》
父の執拗さに　敢えなくまもなく私は降参することになる。
こうして父は娘と朝の時間を過ごすことにまんまと成功する。
凛とした手捌きで父の淹れる早朝の玉露茶は
丹精入魂の一滴という風で　完璧絶妙の美味しさだった。
胃腑におとし入れる時　父の喉はコロリと鳴った。
忘れ難ない　しみじみと父の掌に包まれた古萩の茶道具。

あれは父と娘のまごうことない黄金の時間。
父の背で　狭い庭の八つ手の花がガラス格子越しに
生きた日の父の魂の純乎《じゅんこ》とした美しさのように　冴々白かった。
あれは失われた　家族の夢の庭。
（稀有な長寿眉の骨相を裏切って　足早に逝った父の
　遺した骨もまた　まやかに白く清冽だった）

父が逝って二十一回忌を過ぎる今朝方
雪の霏々《ひひ》と降る音に混じって　父の遠い日の
《応答せよ　チチチチ》
をまざまざと幻聴した。
チチチチ　チチチチ。
呼び起こされて眼を開けると枕元の
正月に活けた仏手柑《ぶっしゅかん》＊の光るあたりに
チチチチ鳥は（金色の小さき鳥の形して……）

戯れに　息を殺してひそんでいるようだ。
父のフフフフという　女めいた懐かしい含み笑いが聴こえる。

激しい嗚咽が　胸を激しく突きあげる。
《応答せよ　父　応答せよ　父》
父の声色を真似た私の悲痛な声が
喉元を　血の塊のようにぬるぬると
熱く昇ってくる。
《応答せよ　父　応答せよ　父
　失われた　家族のあまやかな蜜箱の時間
　遠い記憶の　光る繭の時間
　応答せよ　父》
海と森とが　重い瞼をようようううっそりと開けて
寒い息を発し始めると　鳥達もやがて薄く眼醒めて
そのひっそりした鳴き声が　クレッシェンドで

朝靄の中を広がっていく。
チッチッチッチチ　チッチチ
応答せよ　チチ　父　チチ。
往還自在の　小鳥達の湧きあがる鳴き声が
ポリフォニーとなって
父の在る異域　冥《くら》い雪の天に昇る。

＊仏の手を連想させるミカン科の植物。
清涼感溢れる香りから、瑞兆の実とされる。祝花。

ブルース・ハープ

僕が死んだら
僕の一番真っ白な部分の骨で
(デキレバ　胸骨ガイイ)
小さなハーモニカを作ってほしい。
そして
明るい陽射しの下で
撫子《なでしこ》の花のように優しい
接吻《くちづけ》を僕にくれないか。
その時　僕の胸骨はかすかに光って
水のように顫える。

そして　あの懐かしい
《花祭り》を吹奏《ふ》いてくれ。
僕はそれを何処で聴く？
藍色の空？
静寂の土？
いずれにしても
風吹き渡る透明な場所で
脳髄だけはきっと死なせないので
新しい霊魂になった僕は
降りしきる花びらの中を踊りながら
光と縺《もつ》れあい
それを聴く。
そして　頭蓋骨の
水底のように静まる眼窩《がんか》を
涙で濡らすだろう。

そう　やはり　ハーモニカがいい。
（アナタハイツモ　ブルース・ハープ
　ト呼ンダネ）
鳴らさない時には
僕達の体操教師の
（名前ガ憶イダセナイ……
　アノ鳥ニ似タ男ダ……）
秋空によく響いたホイッスルのように
サファイア色のリボンに吊して
あなたの胸にさげていてくれないか。
遠い日の二人の面影をそこで
（懐カシイ乳房ノアイダデ……）
揺らしつづけてくれないか。
そして　出来れば　夜には
あなたの湿った掌の中で

僕自身を包みこむように
ひめやかに慈しまれたい。
そうして　僕は
夜毎　あなたに
香水《ムスク》のような
流れ出す音曲《ブルース》のような
愛《かな》しく永い射精をしよう。
白い薔薇のように
宙《そら》と響きあう
美しいものを咲かせよう。

（約束スルヨ）

五右衛門風呂

兄が火を焚いてくれている。
今日の日の私のお風呂を尚もここちよいものにしようと、
パチパチ、シュルシュル、ボウボウと、
火を焚いてくれている。
もうすぐ死んでしまう兄が、
火を焚いてくれている。
この世での兄弟の最後の愛の証のように一心に
火を焚いてくれている。
煙の青い色が夕宵を流れてゆく。
残照に縁どられた鈍色《にびいろ》の森の方に流れてゆく。

残照を性急に海に運ぶ川の方に流れてゆく。

〈お兄さん、松葉の匂いがするね〉
〈うん。松の樹を焚いている。〉
〈お兄さん、桜の葉の匂いがするね〉
〈うん。桜の樹を焚いている。〉
〈お兄さん。杉の葉の匂いもするね〉
〈うん。杉の樹を焚いている。〉
〈お兄さん。森の匂いがするね〉
〈そうだ。森を焚いている。〉
五右衛門釜の外の兄と、釜の内の妹との
かなしい綾取り。静かな感応。

〈お兄さん。あの頃、の匂いがするね〉
〈ああ。あの頃を、焚いている。〉

今生の魂のシャム双生児
だった兄が、火を焚いてくれている。
もうすぐやってくる夜の闇のように、
まもなく閉じられる時間に間に合わせようと、
遺してゆく妹の生きる時間を仄かにも明らめようと、
兄がゆっくり火を焚いてくれている。
かつて《原初の火を焚きなさい》と歌った詩人が
妹に、豊かに湯の溢れる至醇《しじゅん》のひとときを与えるために、
パチパチ、シュルシュル、ボウボウと、
火を焚いている。

悲しみの青い煙が森を這う。
慈しみの青い煙が川を這う。
青い煙が兄と妹との蜜月の終焉を告げに、縒《よ》じりあいながら天空に昇る。
天空でゆるゆる縒じりをほどいて、夕闇の風にとける。

ひがな、月《ツキ》、日《ヒー》、星《ホシ》、ポイポイポイと啼きつづけた
三光鳥が啼きやんだから、
まもなく、空に星の時間。
兄の背中を屋久島の艶やかな闇がすっぽりと包みこむ。
パチパチ、シュルシュル、ボウボウボウ、
兄が火を焚いている。
今生の生身の別離を焚いている。

赫々と、あの頃の匂い
　だけが洗錬され閃光となって
兄と妹に燃えている。

＊この四十二日あと
兄、星の岸に逝く

あーんしてごらん

兄の生きた最後の夏
居間の脇を川は轟々滔々と流れていた　と思う
森は幾億の光斑《こうはん》をたたえて　風のゆくたび眩《まばゆ》く点滅した　と思う
庭の橙《だいだい》の樹にはアオスジアゲハが群がっていた　と思う
その不思議に夥しい数
《群蝶の木》と私が呟くと　兄が幽鬼のように笑う
兄は拳《こぶし》よりも大きく癌を内臓に育てて
生きる時間をもう本当に狭めて　弱々しかった
なす術のない妹の精神《こころ》も　蝶のたてる羽音ほどにかそけく喘いでいた
《蝶はプシュケー》兄の表情《かお》が一瞬やわらぐ

《霊魂もプシュケー》妹の表情もやわらかになる
はるか遠い昔　兄と妹が共に学んだギリシャ語では
それは同音語《ダブル・ミーニング》だった
亜熱帯の島の盛夏の午後にもかかわらず
兄の棲む家は温度を失って　井戸の底にいるような
じょうじょう寂しい蒼い光に満ちていた　と思う
《あはれ胡蝶のひと遊び　夢の内なる舞の袖　現にかえすよしもがな……という訳だ》
研ぎ澄まされて魂だけになった兄の声が凛然と云う
《何事も夢まぼろしのたはむれや　あはれ胡蝶の舞ならん》
寂しい妹の声が　羽もつもの　のように漂う
兄と妹の魂《プシュケー》が一瞬《たまゆら》ひっそりと（胡蝶の交合のように）重なっていた
《あっ　そうだ　そうだ》
いきなり思いついたように上半身を起こし
幼児ほどに細った白い腕を伸ばして　兄が薬瓶を引きよせる
《さあ　あーんしてごらん》

それは思いがけない闊達な懐かしい兄の声だった
私の　幼い日をそのまま真似て　あーんと云い乍ら　大きく開いた唇《くち》に
鹿角霊芝の顆粒が　さらさらと注がれる
それは兄と妹が育った家の　長い長い　母と子にかわされた情愛の習慣《ならわし》だった
《あーんしてごらん》
薬包のパラフィン紙はカサコソ鳴って
母の無垢の愛は幾百たび甘やかに　私達の口中へ胃腑へ
肺腑へすら
注がれたのではなかったか
今しも　この夥しいアオスジアゲハによって
魂が天空に運び出されようとしている兄が
妹の唇《くち》に優しく注いだものは何だったのか
妹はただちに震撼として悟る
それはきわだった強度をもつ兄の精神の遺産と
委託が今　凝縮（結晶）して注ぎこまれたのではなかったかと……

あの夏からふた夏過ぎてそのことが
潜熱として妹の精神と肉体にたぎる
生と死のせめぎあう深淵の
あの苦しい上半身を起こして　兄が妹に注いだものに
今はもう　一毫《いちごう》のブレもなく
ぴったりと寄りそって生きていこうと　妹は思う
生々世々　妹の中に兄が温かい　兄が広がる
世々生々　妹の中に兄が膨らむ　兄が生きる

今日　寂寥《せきりょう》の初冬《あーんしてごらん》と自らに囁いて
唇《くち》を真澄《ます》む夜穹に開けば
兄の棲むみつら星の雫　かなしき乳の如くしたたるか

Ⅲ

洗面器の水になった夢は

《いい夢だ》と夫が云う
《どうしていい夢なの。青い海の水でも　澄んだ川の水でもないのよ。
　置き去りにされた洗面器の　出口のない水になった夢なのよ！》
私は少し語気をあらげてムキになる

近頃　私は苦しい悪夢マシーン　絶叫マシーン
くらくらとめまいのする眠りはいつも痺れて　重たい
矢継ぎ早　苦しい夢が私を襲う
薄い眠りの被膜はいつも　きれぎれ無惭に引き裂かれる
黒い鳥影に執拗に追われる夢

天と地とが逆さまになる夢
宙を　何千メートルも　頭から垂直に落下する夢
逆に真空の空へ吸い込まれて　微塵《みじん》になる夢
二十五才で死の暗闇に荒々しく拉致された悲哀の妹の
戦慄の夢を　あきらかになぞっている
（病いよりも夢に疲れた……と妹は遠い寂しい午後　怯えて哭いた）
夢の区切りごとに　不快な苦い液が胸に溜まる
先の夢の恐怖が　遠のくことなしに私は
次の夢の恐怖に羽交いじめにされる
容赦なく間断ない　悪夢の殴打《パンチ》
自分のあげる金切り声のドップラ現象
日中の不調が夜になると　身体の中で
（何か厭なものが暴れだす気配の）その抑制のきかないまま増幅されて
悪夢に変わる
魂の病巣は　敵意と怒りに燃えて

夢の中で無制限に広がる
うやむやな生と死のブラックホール
昨日のたてつづけの悪夢の　最後の夢が
（私を取りまく重たい空気が　やっと明るむ朝方の……）
その夢だった
広い野原の真ん中に　白い琺瑯《ほうろう》引きの洗面器がしーんと置かれて
（荒寥のダリの絵のように……）
その中で私は　いっぱいに張られた弛緩した水になっていた
ゆっくり波打ちながら　縁から溢れそうになると
左肩や　右肩を　すくめて静かに　バランスを保って
又　ゆっくりと揺れる
限りなく遠く高く見える空からは
陽の光が　微振動のように降ってくる
洗面器の水になると　見えない色々なものが見渡せた
過ぎた時間や　これからの時間が　眩しく透けて見えている

未生の時間　後生の時間までが陽炎《かげろう》のように　野に揺らぐ
無数の（光の粒子の量を凌駕する）草の種子が
風に運ばれてしきりに降り注いで
野原の目蓋《まぶた》につき刺さる
私の寂しい洗面器にも堕ちて
ふらふらと水の中で漂っている昼の月や
雲の影を悪意のようにつき崩す
《私は温かいのだろうか　冷たいのだろうか》
洗面器の中の水になった私は
乳房を　組んだ掌で抱えて訝《いぶか》しむ
まるで遠景を眺める要領で　ぼおっと
洗面器の中のとりとめない自分を見ている
身体がバラバラに崩れてゆく不安と疲労感は
脳髄の芯に変わりなくはりついているけれど
先の夢の恐怖は　肩を揺らすたび　剝離《はが》れて薄らいでいくようだ

昆虫と草と　乾いた土の微粒子の吐き出す夥しい息
空気の匂いが青臭い
薄青い蜻蛉《とんぼ》が何度も　旋回しては腹をこすりつけ
ゼリー状の卵を放っていく　プロペラ飛行機のような羽音
私はゆっくりと身体を揺する
ピシャリと洗面器の縁が鳴る
彼方の宙の太陽の角度が　少しずつ　変化してゆくようだ
《そんな夢なのよ》ともう一度告げると
夫は　水の繭のように身体をぐにゃりと揺らして柔らかに笑って
《やっぱり　いい夢だよ　それは……》
ともう一度　幼児をあやすように云う
その声が　今しがたの夢の　蜻蛉の腹のように　優しく私の背中をさする
透きとおる慰撫の卵を産みつける
私は夢の道を一気に駆け戻り
かすかな　その呪縛からゆるく解かれていく

眼下に広がる海原に光の飛沫が拡散して
キラキラと点滅する
生臭い夏が終息して　もうまもなく
透徹の秋が
一片の雲の冷えを銜《くわ》えて
遥かな上空から白鳥のように降りてくる筈だ

七段目の階段

七段目の階段には薔薇色の天使が宿るといふ。
異教《カソリック》の教え。アイルランドの云い伝え。
道理で　飼い猫はいつも光り射す暖かな七段目の階段に
精悍なフォルムで立ちどまる。
そして不思議なひとり遊びをする。
小造りの鼻を宙に差して　円を描いたり
三角を描いたりする。
瞳が空の色になる。（硬質な明るさ）
飼い猫が立ち止まるので　夫も七段目の階段に立ち止まる。
並んで座って　大きないびつな鼻を宙に預けて

「7」という数字の不思議を飼い猫に説いている。
「3」の象徴性。
「4」の象徴性。
夫の瞳も空色になる。（硬質な明るさ）
七段目の階段の天使は母性の天使。
七段目の階段の天使はいつも
《ナ・オ・ソ・レ・ソ》《な畏れそ》と
告解する弱きものに
クッキー（ココナツやジンジャーの匂い）
の甘さで囁くという。
《それと云うのも……》と夫が独りごちる。
七段目の階段はラビリントス。暗喩の影。
七段目の階段には　宗教と哲学と思想が
闌《た》ける春のように熱を持って蹲る。
七段目の階段には稠密澄明な幸福が宿る。

《そうでなかったら……》夫がもう一度脈絡なく独りごちる。
七段目の階段には精霊が棲む。
薔薇色の天使と飼い猫と夫と
スピリット語で話すスピリットの話は誰にも聴こえない。
七段目の階段をウルル　ウルルルとオレンジ色の砂粒が流れるばかりだ。
飼い猫と夫は　鼻を宙に差しこんだまま
七段目の階段でふたつの白い光芒の球体になる。
薔薇色の天使に抱かれて遠い始源の夢を微睡んでいる。
七段目の階段の足許に広がる石狩湾は
一枚の青い青い春の海。（羊水）
一枚の柔らかな柔らかな春霞。（祝福）
同化する喫水線。

カイルの四角形

僕はこのごろ　謎解き男。
「どうして　何もかもこうして四角形なんだろう」と思ったところから　それは始まったの　グランマ。
だって　まず「窓」が四角形でしょう　本が四角形　僕の「ヒミツ箱」が四角形　箱舟も四角形　グランパの悲しい「棺」が四角形　映画『二〇〇一年宇宙の旅』のモノリスも四角柱。
グランマ　僕は不思議でならない
世界中のものが　生活必需品の全てが　殆ど四角形なんだもの。
それにこの頃　重大なのは　僕の夢の中でさえ景色がカメラのファインダーを覗いたように四角形なんだ。

四角形の風景が　いつもぎっちり詰まっていて「ヤア！　ヤア！　カイル！」と屈託ない陽気な四角い声で僕に呼びかけるんだ。

グランマ　四角形は絵の画面《キャンパス》から始まったの？　僕は気がかりでならない。

太陽も月も星も樹の断面も　地球も青空も自然界のものはみんな円《まる》いのに　人間界のものは殆ど四角い。その対比のことをね　僕は熱心に考えているんだ　グランマ。

（まだ聖所に棲む少年の声が火照る）

四角形と円形はどっちが幸福なんだろう。

僕の脳は四角形に憧憬《あこが》れているのだろうかと僕は考える。答えは否《ノー》なの。

それなのに僕は僕の頭の中に四角いカメラを置いて　その四角いファインダーから円い目玉で世界を覗いている。

光って眩しい四角形のことがずっと頭から離れない。遠い遠い昔に　曲線だらけの地球から四角形が生まれた最初の「ある日」のことばかりを考えているんだ。

（少年はいつもひめやかに夢想する。いつも喜悦に満ちて未知を旅する。ゆるやかな遠い旅をする）

人類がはじめて四角い家の四角い窓からきっぱりと風景を見た日のことを考えるん

だ。遠い風景がまるで「目的」のように彼に（気が付いたんだけど　目的って目の的《まと》って書くんだよね）近づいたんだと　僕は思う。
だってズームアップされた四角形って　そう思ったら
ともかくとても新鮮だよね　グランマ。

幾万年の歳月をかけて　直線がゆるやかに成長して（鉱物の生育のように……）四角形の生まれた日　窓から人類がおずおずと風景を見た日　雨が降っていたろうかそれとも空は晴れていたろうか　風は吹き荒んでいたろうか　凪《な》いでいたろうか　冷たかったろうか　熱かっただろうか。
グランマは既に　フレームの外の
曖昧な時間に溶けて
その日常さえ　夢見るように　煙るように
余白を漂っているらしいのだ。
灰青色の瞳をもつ　少年の熱い謎解きからも甘やかなイントネーションの声からも遠い場所で　まるで　風のように　波紋のようにゆらめいている。

未視《ジャメ・ヴュ》と既視《デジャ・ヴュ》とが混濁する。
少年の持つ　堅固な四角形のフレームさえ溶鉱炉に投げいれたようにアモルフだ。
時にはその　歪んだ揺れる境界を通過して四角形の風景の中を　そのノスタルジアを
　はるかな楽園を　私はさまよう人であったりする。

あのね　あのね　グランマ　そもそもね……。
愛しい少年は　アリスの国から執拗に
私に語りかけることをやめない。
少年の不思議の旅はほんの少し
昨今　理詰めになったようだ。
大きな木枠の窓の向こうに
湧きたつ白い積乱雲。
謎解き少年に
予兆の初夏。

赤い馬

沖縄の百円ショップで　赤い素焼きの馬を二十頭も買った。
死んだ飼い犬が臆病きわまりない犬だったので
彼の夜の墓をせめて賑やわせてやろうと云う
まやかしない優しい　夫の思いつきによった。
裏庭の中腹の　広々と石狩湾を見晴らす場所に　その墓はある
墓石は　長く夫がパスタを打つのに使った灰色の大理石で
四〇センチ四方の大きなものだ。
墓誌はまだ刻まない。
旅のたびに　海川野山から持ち帰った石が後方に積まれて
いつのまにか飼い犬の墓所は　前方後円墳という按配になっている。

《陵《みささぎ》》と呼んでいいその広大な墓所を　二十頭の赤い馬は喜々と遊ぶ。
埴輪の作りだが　鋳造品のように重い。
古代馬の模造なのか馬たちは　一様に短躯で頑丈な首
安泰な背中を持ち
尻が低く　素心素顔　はてしなく従順な表情を浮かべている。
――魔界での飼い犬の消息が知りたい。
　夜になったら迎えに行ってやってくれ。因循《いんじゅん》な犬だから
きっと愚図愚図と　暗い場所を出たがらないだろうが
是非とも誘い出して
　夜の闇も亦愉しいと教えてやってくれ――
夫が諄々と埴輪の赤い馬たちに口説いている。
一頭の賢《さか》しい眼をした素焼きの馬が答える
――私共は廉価《チープ》な馬ではありますが　もとはと云えば埴輪
死者のお伴をするために生まれてきた者です。
愛犬の夜の遊び相手　お伴などお易い御用！

存分に致しましょうとも。
共に駆け回るなど　いとたはやすきこと――
――たはやすきこと　合っ点　合っ点　今夜にも……――
残りの馬たちが谺《こだま》のようにさざめく。
夫は尚も切実に懇請する。
――そしてここからが重要なところだ。
駆けて駆けてどこまでも　天空まで駆けて　遊び疲れたら
私達の夢の中へ死んだ犬を誘っておくれ。
怯懦な犬で　水が怖くて　向こう岸からこちら側に
中々にやって来ることが叶わない――
――私共はもともと埴輪。時空の往還は思いのまま。
山を走り野を駆けて彼岸の大河をわたり戻って来ましょうとも。
愛犬を夢の岸に誘いましょうとも――
他の馬たちもいななく。
――輪廻転生のおとぎ話を語ることこそ私共の役目。

彼岸の大河を決然と渡りましょうとも――
あえかな埴輪のあえかないななき。
埴輪と夫の約束の成立。
その夜から裏庭の気配が濃い
二十頭の赤い馬たちと愛犬のハアハアという息遣いが
風の音　盛んな樹木の葉摩《はず》れの音に混じる。
長く耳に慣れたあの喜悦の声が澄んだ月の空に昇っていく。
そして幽明を境にする時間
愛しい者たちは　私達の夢の閾《しきみ》にたちならぶ。
野の夜露にしとど濡れて
頭《こうべ》には秋冥菊の淡紅色の花びらを　冠のようにのせて
――さあ　さあ――
と赤い馬達が素直な声をコーラスのように揃えて　愛犬を促す。
よくよく知ったあの懐かしい獣の匂いが　夢の暗闇に膨らむ。
含羞の私達の愛犬が　はや少しの逡巡《ためらい》もなく

闇を飛び超えるのが鮮やかに見える。
夫は赤い馬たちに
――もう暫く待ってやってくれないか――と囁いて
深く夢の河床へ　かつて親しく暮らしの匂いを頒け合った飼い犬と共に沈む。
――廉価《チープ》ですけど私共は埴輪　死者の従者《ずさ》そして守護神《デーモン》ですから。
　存分に夢のなかへ――
――存分に夢のなかで……――
埴輪の馬達は口々にそう云って　頭上の花びらを揺らす。
それぞれ前肢をきっちりとそろえて　ひっそりとさざめく
秋冥菊の淡紅の花びらが
私達と愛犬との　夢の中の親昵にも散り敷いて。

幸福銀行*

人生の後半を生きることはとりもなおさず悲哀を集めることだ
とペシミスティック　に呟く友人の　暗い眉間の先に
きわどいタイミングで私は　その青い看板を見つけた
〈幸福銀行〉
銀座通りを新橋の方に歩いて
七丁目の角を左に曲がったビルの屋上に
ゆらゆらと黄昏が垂れこめる都会の憂鬱な時間の空を
それは遠慮がちにひっそりたたずんでいた
何を意図してか〈幸福〉の白い文字だけが横広にふくらんで
どでっと居座って笑いを誘う

《人生の前半の幸福をあそこに預けておけばよかったのよ》
《そういうことだ》
立ち止まって私達は涙が滲むほど
ふふふふといつまでも笑い合う

〈幸福銀行〉
私達は　口座に預託しておきたかった
過ぎた共通の幸福を戯れに追想する
矢継ぎ早に折られてゆく彼のピアニストのように繊細な
指先を追いかけながら私もゆっくり指を折る
私達に微熱を帯びた時間が流れる
暮れなずむ銀座七丁目の一角に
過去の　共有する幸福の幻影《イリュージョン》が
波のように　現れては消え　消えては現れる
幻の預金通帳が　雲間からするすると降りて　私達に手渡される

追憶の波がやってくるたび　そこに
明るい〈あのこと〉が印字され
澄んだ〈このこと〉が打ち込まれる
真新しい野菜を刻んだ　ささやかな朝のことさえ
　幸福銀行に眩しく預託された
《朝々にサワサワと沢蟹が湧き出して……》
彼が絞りだすような掠れ声で囁く
《夏の最後の雨戸も引いた》
ブーニンの白い指が折られる
小さな者達が膝の上を蠢《うごめ》いてあまやかに
マぁマと呼ばれ　パぁパと呼ばれた日がなかったか
気がついてみれば私は
友人とふくふくとした〈家庭〉と呼ばれるものを
遠い日　築いたのではなかったか
かつて彼は暖かく柔らかな存在として

私に寄り添っていなかったか
限りなく優しい夕暮れのひとときを共に過ごさなかったか
記憶の底で青光る闇の石を執拗に洗い出してみれば
私達は　愛しい〈家族〉でさえなかったか
銀座の首夏《しゅか》の夕暮れが泡立つ
透明な貯金が増殖する
幸福銀行も亦　家庭と家族が戦略ターゲットとされるのか
増殖しつづける幸福な家族の普通預金口座
拡充される幸福な家族の当座預金口座
幻の通帳が中空に涼しく浮かぶ

《ブータンでは……ＧＮＰでもＧＤＰでもなく……》
と友人が会話のスイッチを鮮やかに切り換える
《国民総幸福量《グロス・ナショナル・ハピネス》が新たな経済指標にされているらしい》
ＧＮＨが世界経済を席巻したとき

幸福銀行はクレーの絵のように旗掲げて蔓延するのだろうか
人類は一体いつまで　幸福に　あるいは悲惨に
生きのびることが出来るのか
幸福の二文字は途方に暮れたように不安を身籠もって膨らみつづける
銀座七丁目の一角に　過ぎた〈悲傷〉の波も亦
夕暮れの冷気と共に　私達に押し寄せ　そして引いてゆく
鈍色の鳩が一羽　薄闇の空中で　羽を広げて
風に挑むように　静止する
〈幸福銀行〉の看板は　銀座の逢魔が時に溶けて
　ひっそり消滅する

＊幸福銀行は、関西さわやか銀行、関西アーバン銀行と呼称を変えている。

Ⅳ

池田郁子の弟ヒロシの考察　by B・B phone

こないだの電話のつづきですけど……あの、とるにたらない話の決着を……と思って……。

それが、マーチャンの弟も〈ヒロシ〉って云うんです。リエの弟も〈ヒロシ〉で、勿論、私の弟もヒロシで、小さい頃からずっと私達三人は過疎期なしの大の仲良しで、マーチャンの弟は、マーチャンチのヒロシで、リエの弟はリエンチのヒロシで、私の弟はウチのヒロシで、同じヒロシでもちゃんと呼び分けていたんです。実際のとこ、どのヒロシも同じ様なことをして姉にまつわりついてくる、小さな可愛くてうざったい生き物でしたから、少年A・B・Cで少しも構いやしなかったんですけどね。それが、ある日マーチャンが、随分昔のことですけどふと気付いて、しみじみと、こんなことを云ったんです。「ねえねえ、何処の家《ウチ》の弟にしろ、弟はみんなヒロシと呼ぶのが一番ぴったりくるんじゃないか。平凡な名前だけれど、平凡ってある種の名誉だよね」って……。今思えば、ある種の名誉っていうのも変なしきり方ですけど、リエも私もなんだか、なんだか、その時、その言葉が変にストンと胸におちて、ちょっとうるうるした生温かい気分になっちゃって「そうだ、日本中の弟はみんな名誉なヒロシだ！」ということに、話の勢いっていうのか、流れっていうのか、話の腰が変に熱くなっちゃって、それからこのかた、以来ずっとですよ、古今東西、津々浦々の〈弟〉はみんな誰彼なし〈ヒロシ〉って呼んでいるんです。そう決めちゃったんです。新しい定義の誕生です。ヒロシは弟の総称。ふふ、普遍のヒロシ……。姓名の無名性……。くだらないですか？

それがいつのまにか浸透していって、そのうちおかしいことに、現実には弟のいない友達まで、〈ヒロシ〉って幻の弟を呼ぶようになっちゃって、東京生まれのくせして「故郷にヒロシを置いてきた。昔、ヒロシとキスをした」なんて錯覚を、しっかり頭の中に育てて遊んでるんです。紙芝居の一シーンを思い出すような感じで、ヤもタテもたまらなくなるんだそうです。幻のヒロシを想うと縁日のアセチレンガスの匂いがして（あれは木星の匂いらしいですね）、頭の芯がじーんとするらしいんですよ。ヒロシとこうやって遊んだ。蝶トンボを追いかけた。ヒロシが鉄棒から真っ逆様におちた。ヒロシにブランコの板をぶつけて、ヒロシの額から血が吹いた、世界が真っ白になったあれが初体験だった。ヒロシの部屋にはギターがいつもころがっていた、とか、ビジュアルな展開になったりして、私達三人と違って、実際には弟のヒロシがいない友達の方が、あれは一体何なんでしょうかね、〈ヒロシ〉への想いが具体的で、深いんですよ。嘘八百を云っている訳じゃあなくて、女は……っていうとちょっと大上段ですかね、女というものはみんな、自分の過去に〈ヒロシという名の弟〉を置いてきている〈姉〉なんじゃないですかね。思い出が殆ど共通項でくくれるんですよ。石原シンタローとかいう、偉そうにしている男、三国人とか、チャンコロとか云い放って恥かしげもないナルキッソス、傲岸不遜のトーキョー都知事……。勿論、鳥肌立つくらい嫌いですけどね、『弟』っていうあの小説だけは悪くないんですよ。一寸、いや、かなり、とことんかもしれません、新鮮に泣かせます。号泣です。ああいうヒットラー願望の、鉄面皮の鼻持ちならない男にさえも、愛しいと思える兄弟がいる訳で……。あんな、その存在さえ疎ましい最低の歪み男にさえ、恋しくてならない弟がいる訳で、私達まともに生きている女達（あっ、勿論、私達にも多少の歪みはないわけじゃありませんけどね……）に、恋しい弟〈ヒロシ〉がいない訳ないですよね。優しい追憶の過去がない訳ないですよね。〈弟ヒロシ〉ってつまりは、追憶ですよね。〝想い出ぼろぼろ〟って歌知らないですか？　内藤やす子って、ちょっとドスの効いた不良っぽい、ランク超Ａキャラクターのイイ歌手がいるんですが、彼女が昔歌った歌で〝弟よ〟っていうブルースがあるんですが、これがストレートに胸にきますよ。それも倦怠《けだる》く内藤やす子が歌うからいい訳で、由紀さおりなんかがきれいな声で歌っちゃったら、まるで意味ないんですけどね。この歌がモロ切なくて〈ヒロシ讃歌〉なんですよ。

「独り暮らしのアパートで／薄い毛布にくるまって／ふと思い出す故郷の／一つ違いの弟を」（作詞 橋本淳）――この歌を聴くと、年齢を問わず〈姉〉ってものはみんな間違いなく泣きますよ。実際のヒロシは、どこのヒロシもその実体はロクデナシなんですけどね。内藤やす子に歌われてみると、ジワッ、ホロリですよ。例外なくこみあげます。ヒロシを持たない女達まで、「一つ違いの弟」にホロリです。云ってみれば代名詞ですかね。魂の家郷……。過ぎた、姉弟が小犬みたいに肩寄せ合ってじゃれあって生きた時代の……。幸福の残り滓……。幸福な時間の残像ですかねえ。過ぎた月日の中に〈永遠のヒロシ〉を匿《かくま》っておきたいんですよね。

つい最近まで、暗いイケメンのコメディアンの「ヒロシです！」ってギャグ、流行ったじゃないですか。あれだって「タローです」でも「ジローです」でも駄目だったと思いますよ。〈ヒロシ〉だったから普遍の〈姉〉の胸を直撃したんじゃないですかね。〈弟想う〉気持ちがくすぐられたんですよ。甘え込まれて、奇《あや》しく揺すぶられて、それできっと、流行ったんですよ。

こないだ、リエと『きらく』で飲んで、その時又、その〈ヒロシ〉談義を久々むしかえしていたら、隣りで飲《や》っていたオジジが、ずっと聞き耳たてていたらしく、いきなり話に割り込んで——昔、市川昆の撮った『おとうと』という映画があった——って云うんですよ。モノクロのイイ映画だったって……。幸田文の原作で、姉が岸惠子で、弟が、そうだ、川口浩《ひろし》だった、ああ、弟は確かにヒロシだった。川端康成の『虹いくたび』も川口浩が演《や》った——って苦味走った顔で笑って膝を打って、回顧調バージョンがかなりすすけた古いところまで、どどどどと遡っちゃって、その先が一寸、恐いんですよ。愈々《いよいよ》、佳境です。仕掛《ギミック》けなしの話ですよ。酩酊オジジの筈が只者でない顔になって、背筋のばして毅然という風で、又、声のトーンが渋いんです。「高柳重信（知ってます？　タカヤナギジュウシン。現代俳句の重鎮らしくて……ふふ。）の俳句にこんなのがある。

　六つで死んでいまも押入で泣く弟

姉さん方だけじゃない。我々男にも、押入で泣きつづける死んだヒロシがいるんじゃよ。分身であり、共犯者であるヒロシが蝉みたいに、耳の後ろで今も泣いている。今も痛みを分けあっている」と、まあ、そういうことを云った訳です。グサッと立派なオチ突きつけられちゃって……。そうなると〈ヒロシ〉って者は、老若男女を問わずに胸で飼いつづける追憶の弟なんでしょうかねえ。それこそ「想い出ぼろぼろ　くずれるからァ」ですよ。

　六つで死んでいまも押入で泣く弟

『きらく』が一瞬、シーンとしちゃいましたよ。たかだか〈ヒロシ〉の話にすぎなかったんですけどね。オジジがしぼりこんでエスカレートさせちゃって……。『きらく』にビル・エバンスの〝Conversation with Myself〟が流れているのに、その時はじめて気付きましたよ。『きらく』のオカアサン、あのまんまるな顔のまんまるな眼の中に涙泛《うか》べてましたよ。「お客さん、今も押入で泣く弟……ですか。そうなんですか。私にもポケットの中の糸屑みたいな思い出ですけどねえ、弟の思い出、ひとつふたつありますよ。弟はどこに隠れたんだか、よく居なくなって、いつまでも探し出せなくて……つらいですよねえ」って心細い声で、焼き鳥焼くあのぽっちゃりした手をとめて、いつもの珊瑚の指輪見つめて、なんだか虚ろな顔になっちゃって……。〈弟〉っていうのは誰にも失くした大事な物、かけがえのないものの代名詞なんですかねえ。他の常連もみんな、心の中でしゃがみこんで、貝殻でも拾うように、それぞれの思い出を遠い眼で拾いはじめて……。

とにかく、あの賑やかすぎる『きらく』が、水を打ったようにシーンでした。シーン。『きらく』が静かに真空になりましたよ。あの狭い店の天井が急に、高くせりあがった感じがしました。ビル・エバンスの音楽《オト》がそこから雨漏りのように、ポトッポトッと降って……。それが誰の耳にも、不思議なことに、

おやすみ、弟

おやすみ、ヒロシ

って聴こえて、これってやっぱり、仕掛け《ギミック》ありですかねえ。

了

SAMUSA

グランマも知っている通り　ママは息苦しがりやで
お部屋の空気の入れ換えがとても好きでしょう?
そして今朝も僕の部屋の窓を
お早う　お早うと詠唱《アリア》のように歌いながら
いつものように思いっきり開けて
「もうすぐSAMUSAが来るわ」
と一寸　眉をひそめて溜息をつくような声で云ったの。
僕はまだ黄色い例のベッドの中に潜っていて「ママ　誰がやって来るの?」って聞いたの。
「SA・MU・SAの来襲よ」って

ママが答えて　僕は一瞬ぶるって顫えたの。だってほら
夏の頃にグランマが僕に教えてくれたでしょう？
朝起きたら毒虫に変身していたＺＡＭＺＡという男のこと……。
それで〝途方もなく大きな害虫に変身した
ＺＡＭＺＡ〟が　映画のように　のっし　のっし
僕の窓からやって来る想像が　まだ少し眠たい僕の頭をいっぱいにしたんだ。
それで一寸　ビビってしまってもう一度　僕はママに聞いた。
「そいつ　どのくらいの大きさなの？」
「そうねえ」とママが一寸考えてから
「そうねえ　三ミリくらいかしら……」って教えてくれたんだ。
「あれれ　三ミリだって！」と僕は思った。
それなら踏みつぶしてやることが出来る！
「グランマは途方もなく大きい毒虫に変身したって話してくれたよ」
「毒虫ですって！　ふふ　グランマは老人だからそう思うのよ。ＳＡＭＵＳＡは受苦
ではないわ。攻撃ではないわ。端正で情熱的な　自然の慈愛だわ。三ミリくらいの

粒で　それがうわんって固まって　ひしめいて旋回するの。編隊を組んで　冬将軍の号令に従って勝ち鬨をあげながら　馬に鞭をビシビシあてててやってくるのよ。SAMUSAは毒虫なんかじゃないわ。硝子のように澄んで　海月《くらげ》のように透明で青海星《ひとで》のように美しいわ。凛々と鳴る静かで逞しい訪問者よ。ストイックで勇猛な戦士よ。

SAMUSAは　隊列群れなしてやって来るSAMURAI。季節の方ではその準備がもう　充分に整ったようだわ。もうすぐ　SAMUSAは曠野を走り　海辺を走り　埠頭を走り　街を走るわ。北半球を寒さがひたすわ」ってママが笑いながら快活に云った。

グランマ　もう気が付いたでしょう

SAMUSAとKAFKAとZAMZAのこと……。

僕の眠たい頭にくっついている　ふたつの眠たい　いい加減なピエロ耳のおかしな聞き違いだったってわけさ。

そのお陰で　僕の今日の新しいニックネームは

無残にムザムザ、、、、

「ＺＡＭＺＡ　くん」　あーあぁ。
それにしても僕は毒虫なんかにならないぞとパッと跳び起きると窓の外の　新しい朝
の眺めは
眼にチカチカしみるほどに真っ蒼で
（空気の中から水が汲めそうなくらい……）
ＳＡＭＵＳＡの破片《かけら》がキラッキラッと　風の中で針のように光っていた。
（そうだ！　砂浜の珪石にも似ている……）
セントポーリアの鉢のふわりと咲いた花の上で　小さな白い蜘蛛が顫えていた。
ママのこころはもう　青空に溶けてうっとりひとつになっている。
「遠い空から音楽のように　ほら　ＳＡＭＵＳＡの　あげる勝ち鬨の予行演習の声が
聴こえるでしょう？
空の子午線をあとからあとから通過する　馬達の勇ましいひづめの音が聴こえるで
しょう？
空を走るＳＡＭＵＳＡの輝きが見えるでしょう？」
ママの眼差しが　空の奥へ奥へと伸びていった。

ママはいつもそうやって　素敵な言葉で新しい季節のやって来るのを
窓をいっぱいに開け放ちながら　僕に教えてくれる。
油断していたら　その時　いきなりＳＡＭＵＳＡの破片《かけら》は
光の糸を伝って僕のパジャマの背中にすっと　入りこんで
僕の身体を　グラスフィッシュのように
素速く泳いで透き徹らせたの。
僕の背骨まで齧《かじ》り始める気配がして
僕は悲鳴をあげた。
本当のＺＡＭＺＡになって毒虫に変身したりしたら
たまらないと思って僕はもういっぺん　ぷるぷると
顔を強くこすって　頬をパンパンって力士のように叩いて
「気合いだあ」って叫んで
気持ちを引き締めなおしたんだ。
不思議なほど明るい空に
きれいな孔雀石色の飛行船が浮いていて　振り向いて

にこにこと嬉しそうに　僕に笑いかけた。

もうすぐ　冬が来るね。グランマ。
（グランパのいる……）宇宙への電話が少し
かかりづらくなるかもしれないね。グランマ。

上に堕ちる夢

ママ、私、ひどく夢に魘《うな》された……。きのうの夜、眠ってすぐなのよ。たいていは、朝方、眼が覚めるときに見た夢しか覚えていないのに。間違いなく夜更けに見た夢なの、怖かったのよ。それが、上にね、上に向かって堕ちていく夢なの。何年か前にも、底無しの井戸のような真っ暗なところへ、どうしてだか、私、赤い下駄になってキリモミしながら堕ちていく夢を見たのよ。蝙蝠くらい大きな黒揚羽が、一緒に急降下したの。その時も私は下駄の筈なのに、歯の根が合わさらないの。腐敗臭がして窒息しそうなの。暗闇の中で遠い地面が流れていた。その氾濫の渦の中を、有象無象が溺れていた。昔飼っていた大きな白い兎の死骸も眼を瞑っていた。ひたすら怖かった。血が凍るっていうのはこれだなと思ったのよ。マタイ受難曲なんかが鳴っていた。でもね、昨日の夢は怖さが違うの。まだ爪の先までしびれたようになって、夢の余震で膝頭が顫えつづけている、ほら……。常軌を逸した凄い力がぐんぐん私を引っ張りあげるの。自分の力学では抗しきれない力！ 天井は草原で、緑色の乱杭歯の猿が、千匹も万匹も生えているの。凄い獣の匂いがして、胸が圧しつぶされそうだったわ。そのうえ、後頭部が火を放たれたように熱いの。背中はもう、神経の束になっていて、燃えている筈なのに大氷柱《おおつらら》のように寒いの。上へ上へと堕ちていくと、眼をつぶって必死の形相で、息を殺して渾身の力で疾走する猿の顔が見えるの。神田の家の古いアルバムの、大中ウメや益成ヨウに似ていた。天上は乱気流で凄い風なのよ。生臭い風。丈の高い真緑の草が轟々、東へ東へと靡くの。そのうち風が風じゃなく、急流のようになっていくの。遠近法がまるで定かでない。地軸の位置が分からない。それでも私は上へ上へと逆髪のまま、バキュームされつづけるのよ。私は何かをきつく抱いていた。あれは何を抱いていたのかしら。巨大なマグネットに吸いついた砂鉄くらい、私、もがいてももがいても不安で無力なのよ。凄い絶望感なの。その絶望の深さがね、さらなる恐怖なのよ。夜着や、皮膚や、剝がれるものが私からみんな剝がれて、いつのまにか、私も緑色の猿になっているらしいの。ギャギャギャギャアギャアと呻くのだけれど、声にならないの。私には口も耳もなかったような気がする。それでも尚、上へ上へと私は、容赦なく堕ちるの。耐えられない恐怖だった。二十五年前の、ママが私達を捨てて、それっきりいなくなったあの理不尽な強烈な夜、パパは眼をギラギラさせて、仁王立ちになって吠えていた。ウオーウオーって、パパの脊髄が怒りに顫えていた。天井を突き破ろうとしていたのよ。恋しいより憎くて、パパの脊髄が怒りに顫えていた。殆ど、狂人だった……。私とRはパパの脚にとり縋って泣いた。パパの脚は鉄筋のように堅くて、川の中にいるように汗をかいてぐっしょり濡れていた。私とRはパパの脚にしがみついて（手を離したら未来永劫孤児になるんだって、私もRも気付いていた……）橋桁の藻になったように不安で、絶望して狂ったように泣いたの。あの時、Rはまだ七才だったのよ。彼だけが純粋にママが恋しくて、火が点いたように声を涸らして哭いたわ。昨日の夢はあの夜の、肺がどこまでも膨らんでいくようなあの不毛の恐怖にとても似ていた。夢の中で、夕陽なのかしら、満月なのかしら、大きな丸い亀裂した眩しいものが、空の高みの果てに、まるで見せしめのように、磔のように釘打たれていた……。導火線をたどる青い火のように息もつかせぬ勢いでしゅるしゅると、危機一髪の感じで、緑色の猿になった私は上へ上へと、足を垂直に佇立《ちょりつ》したまま、何処までも墜落したの。加速すると足首が金属の枷をはめられたように重いの。とにかく、云い様のない怖い夢だったわ、ママ。十月は厭ね、ママ。新しい秋って厭ね。残酷で不条理で……。たとえば白い蓮の花なんかがびっしりと空を埋めつくしていたとしても、上に堕ちていく夢は、火口に真っ逆さまに堕ちるより怖いわ。まだ脳の中で緑の猿の、絶望の崖っ淵の咆哮が駆け巡っているような気がする。あれは嗚咽だったのかもしれない。よく分からない。いずれにしても、寝そびれたまま朝になって、そしてママ、私、窓を開けて、食道と喉に詰まったものを吐き出したくて、水鳥のように胸を引き攣《つ》らせて、グウェグウェってしぼりだすように叫んでみたの。そしたら今度は不覚にも、涙がブァーッとほとばしり出てとまらないの。朝日が赫々と、私のわめき声や、怖い夢なんかにまるで無関心に川の向こうに燦然と昇った……。まだ頬がヒリヒリしている。脳もヒリヒリ、心もヒリヒリ乾いたままよ。ねえ、ママ、教えてママ、夢って何を見せるの？　未視夢《メジャ・ヴュ》なの、既視夢《デジャ・ヴュ》なの？　見て、私の指先、まだ顫えている。私、まだ、揺れている。ヒトの心の中って、暗い輪郭《フレーム》のままイコンのように残っている絵があったり、逆に空欄ばかり無為の日記帳があったり、一体、何が潜在しているのか、推量《はか》り知れないわねえ、ママ。少なくとも夢は幻覚じゃないのよね。

歯ブラシを失くして

千のギボシの白い花が深い霧の中で聖諦《せいてい》の瞼を閉じる。万のドクダミの四弁の皓炎《こうえん》。身体の芯によどみがモアレのように広がる。世界は鬱色に覆われる。いつも掌にあって見透かせた夫のこころをとり零《こぼ》して遠く見失ってしまった夕刻、携帯の着メロ『死刑台のエレベーター』が鳴る。灰青色の瞳と煙《けぶ》るような美しい眉をもつ少年からの電話だ。

「あのね、グランマ」

砂糖菓子が舌に溶けるような親密な響きでいつもそれは始まる。

『ヤケッパチの歌』をもう一度、歌って欲しいのと甘やかな声でせがむ。

「ドンブリ鉢ャア、ヒックリカエッテ、ステレコシャンシャン」と道化てファルセットで歌ってしまえば、濃い霧の夕暮れのグランマの心は、苦い想いがひりひりと漲って尚も哀しい。儚々《ぼうぼう》と御《ぎょ》しきれないものがこみあげる。

「それがねグランマ、ローソンで小人のような歯と眉毛のない爺《ジジ》が、両手で僕の首を挟んで――一瞬、殺されるのかと思ったよ――ガイジンのボウヤ――マタモヤ、僕はガイジン、さ――ソコは違うよ、ステレコシャンシャンじゃなくてシャシャリコシャンシャンだよって、手荒な厳重注意さ。ステレコとシャシャリコじゃ随分違うと思って、もう一度、グランマのオペラの声で『ヤケッパチの歌』が聴きたかったの」

「ドンブリ鉢ャア、ヒックリカエッテ」

繰り返せば戯《ざれ》歌が呪文のようなリズムを持ち始める。

ヒックリカエッテだったか、ヒックリカエシテだったたか、海に流して、波に連れされた夫の切迫したこころのことが、グランマの胸でキリキリと痛切だ。いきなり感情が泡立ち醗酵して許容量を超える。

「泣いているの、グランマ」

少年が訝しむ。こんな陽気な歌を唱いながら泣くなんて、グランマの気が知れない。理由《わけ》を僕に話してごらん。僕はグランマの素敵なステディ・ボーイだもの。夜じゅうだって僕は聴いてあげる。僕はママの云うのに永遠の暇少年なの。僕はグランマの悲しみのバキュームをやってあげられる筈さ……。

少年はまだ天使の卵を疼くように抱いて幼い。

少年の声が緊密な、そして柔らかな粒子で包まれる。

うろたえて視線をそよがせながらグランマは、ゆるゆると思いついたデマカセを答える。

「あのね、少年。グランマは今朝、歯ブラシを失くしてしまったの。お星様のシールを五つ貼った、あの綺麗な歯ブラシが見あたらないせいで、涙がこうやって止まらない……」

チッチッと少年が小鳥のように舌を鳴らす。

信じられないよ。

「ねえねえ、グランマ。六十六才といえばもう随分な大人の筈だよ。それが、歯ブラシを失くしたくらいで、そんなに横断幕をひくつかせて（横隔膜を覚え違えているらしい……）ヒックヒックと悲しそうに泣かないでよ。歯ブラシぐらいのことでは、赤ちゃんだって泣くもんか！　そんなことでいちいち泣いていたら、世界は涙の洪水さ。さあ、笑って笑って、グランマ。オペラの声で笑ってよ、グランマ。ママよく云うよ。本当に悲しいことは、いつもこれからやって来るって。それは僕が大きくなれば分かるって……。その時のために涙は大事に仕舞っておきなさいって……。涙の袋の入り口はゆるみがちだから、きっちりしめておきなさい……って。

僕の涙はどこに預けてあると思う？　九つの涙の袋は、はじめママに預けて、ママは神様に預けて、今は旅の駱駝《らくだ》の瘤のあいだ、金と銀との鞍の中さ。月の砂漠で、サラサラと鳴る隊商《キャラバン》の水袋のように、ゆっくりゆっくり揺れている」

少年は母親の幻想《ファンタジー》をそのまま真っ直ぐに踏襲する。母親の澄んだ魔術からいつまでも醒めない。少年は今も清冽なクロニクルの聖域を亜麻色の髪を揺るがしてたゆたっているのだ。夢想する力の強靭さ。鏡の国への通行証《ビザ》すら、柔らかに膨らむ掌の中だ。

少年は子守歌を唱うように、一音一音に独特の余韻をこめて溌剌とグランマを慰める。

「ドンブリ鉢ャア、ヒックリカエッテ……」

もしかしたら、ステレコシャンシャンでなくシャシャシャリコシャンシャンシャンだったかもしれないとグランマは少年に優しく告げる。

少年との幸福な均衡を決して崩したりしない。

「グランマ、そのことはあまりムズカシク考えなくていいからね」と少年が、尚々、羽のように優しい声で云う。鈍い黄緑色の濃霧の日の夕まぐれ、グランマは「ほらほら涙をとじこめて僕に預けて」と云う少年に、静かに収縮をくりかえす砂色の涙の袋をひとつ、託す。

速攻で届いた『預かり証』は、Y市に住む少年のマンションのベランダに咲いた驚くほど大きいハイビスカスの白い花。携帯の水銀色の写メールの画面の中で鮮やかに咲《わら》っている。

　グランマ、泣かない約束、
　　pinky swear!（指切りゲンマン）

というショート・メールが添えられて。
少年の清廉な未成熟が眩しい。
グランマの三半規管の底で、暗くこもる水がヒソリと鳴る。ユラリと星が身じろぐように発光する。

ごっこ汁

杳々《ようよう》ふた昔前のこと
妙見市場（あの頃市場はどよめいてごったがえしていた）で
朝からチビリチビリ　腰を半分に折って
ひたすら不敵に盗み酒をしていた
おばさんの店（入り口に古びた魔除け札が貼ってあった）で
始めてお目もじした幻魚〝ごっこ〟。
そして熱こめて「教《おせ》えでやる　教えでやる」と　手ほどきされたごっこ汁の調理法。
ごっこは鯨に姿形がよく似た
1／1000ほどの縮小版の大きさの魚。
うそっとしてヌルヌルヌメヌメして

深海魚独特の眠たげなご面相。
真っ黒く怠惰な達磨法師の涅槃。
「何だかグロテスクな魚ね」
とのぞき込むと
「いやあ　したけどこれで味だばたいした
メンコイ。ああ　メンコイメンコイって
うちのジジだば　この季節だばいつだり
かつだり　ごっこ汁さ。
どっかオクサンに似てるんでしょうお。
旨いの旨くないのって……なまらだ。
どってんこくほどだよ」
と　褒められたんだか貶されたんだか勧められ「そう云えば　肩の線のずんぐりむっ
くりは　似ていなくもない」と
親近感を感じて買いもとめた〝ごっこ〟。
爾来　幻魚ごっこのなまらのとりこ。

むったり　ばんきりのごっこ汁。
おばさんの赤裸に温《ぬく》といポエチカルな小樽弁のとりこ。
十何年も前に赤ら顔のおばさんは
酒量に命とられて早々
自爆の切なさで足早に逝ったけれど
ごっこの解体の時　おばさんは
ゆらり　ゆらめいて
脂を塗ったようなテラテラ光った
薄い皮の手でいつも（ばんたび）
眼前に　記憶の現像液の中から甦る。
「どしてけるって　こうしてさ
じゃあじゃあ万遍なく　あっちゃも
こっちゃも熱湯かけるべぇ　したら
じゅうってさ　空気だば抜けたみたぐ
すぼむべさ」

ごっこは体皮を白濁させて　瞬時に
体積を1／2ほどに減らす。
空飛ぶ気球といった風体がしゅうと
魔法のようにしぼむ。
私に似た肩肉のもりあがりがなだらかになる。
鯨が海豚《いるか》の弾力になる。
「卵《こつこ》さ　そおっと外してさ　吸盤と口先ば
切り落としてさ　あとはどっこもかしこも
旨いんだから　尻っぽさもそのまんまで
捨てるとこさ　これんぽんちもねいべさ。
鍋こわしって云うくらいだから
カジカも旨いべし
したっけ　ごっこの足元にゃ及ばねえ」
ごっこを捌くとき　私はいつも
妙見川の橋の上に立つ　雪霏々と降る

寒い市場の　暗い裸電球の下の
幾千の魚の血と哀歓の浸みた
生臭い　大きなまな板の前に立つ。
今日　六十七才になっておばさんより
もう幾つも長生きしてしまっていることが
少し後ろめたい。だから　ごっこ汁はいつも
　弔い合戦のような真剣勝負。
断じて手を抜かない。
私は「んだどもさ　んだどもさ　なあんもさ
　なあんもさ」とおばさんの口癖を陽気に
真似ながら　他愛ない鼻歌のように唱って
ごっこを豪快にぶつ切りにする。
夥しい卵の優しい薔薇色の妖しさに
必ず　胸衝かれる。
じゃがいもの皮をむく。

甘い越冬じゃがいも　インカのめざめ。
面取りすると玉子の黄身のような明るさだ。
大根は既に　やはり面取りして
じっくり研ぎ汁で炊きあげてある。
大根も越冬大根　果実の甘さになっている。
厚い利尻昆布
三センチのゴバンに切っている。
突きこんにゃくも煮こぼした。
牛蒡は大きくささがいて
酢水につけて　アクをおとした。
椎茸は石付きを殆ど残して縦ふたつ割り。
人参は拍子木に。
木綿豆腐は一丁を八つ割り。
ゴトリゴトリと木ブタをおとして大鍋で
中火で静かに炊いていく。

炊きあがるまで　鍋を離れず
具材の神聖な振動（「オクサン　料理だば
神様《かみさん》と同行二人だっ」）に眼を凝らし
網杓子でアクを掬いつづける。
汁を濁らせない。
すきとおった清汁に仕上げたい。
それがおばさんへの
つきぬけるような哀悼の儀式。
酒と薄口醤油で味をきめる。
青物は水菜と長葱。
はじめて大火にして一分。そして火をとめる。
妙見のおばさん直伝の（なんもなもあんずまし）ごっこ汁の出来上がり。
誕生日の　この満ち足りた
晩餐のメインディッシュ。
食卓の賑合せに作った

貝づくしの巻き寿しも　干し柿の酢のものも
眼に映る彩りだけで　殆ど脇役。
ごっこ汁があれば充分。
これに過ぐる贅沢はない。
トリュフもキャビアもフォアグラも無用。
この口に溶けるゼラチン質の
食の歓喜があれば十二分。
六十七年（ごじょばらずに）真っ直ぐに
生きたことへのご褒美に
幸福の予感も　不幸の予感も
既視も未視もないまぜて　ひたすら丁寧に
心こめて炊きあげた　ごっこ汁。
器によそって
赤唐辛子を　愛と希望と　ふたふり。
お酒は久々の　舌焼く熱燗を　ひれ酒で。

ハラホロハラヒレとその時
百合子ちゃんは云った

百合子ちゃんは
「水」の研究をする大学四年生。
初めて逢った　空気の碧い日
百合子ちゃんは眼下に広がる石狩湾の
海の　藍色と汐の匂いに向かって
いきなり「ハラホロハラヒレ」と云って
大きく見開かれた眼の虹彩を澄みきらせた。
そして香しい深呼吸をひとつした。
それは「アレレレレレレレ」とも聞こえ
「アララララララ」とも聞こえたが

やっぱり「ハラホロハラヒレ」と
云ったのだった。
海を見ている百合子ちゃんはなんだか
初夏を跳ぶ明るい「鶺鴒《セキレイ》」に似ていた。
対岸の澄んだ山塊と　のびやかな水平線が
　一瞬光って　百合子ちゃんに
やわらかに無垢なウインクを返した。

札幌の百合子ちゃんの家は
その前の週に　魔法のような火に包まれて
(蒐集した貴重なフィルム類が
　無惨な焚き付けとなって……)
何もかも　跡形なく
あっと云う間に燃えてしまったらしい。
まさに灰燼と帰して

一瞬にして消えた　生きた年月の物証。
全き喪失　全き虚無　全き暗闇。
百合子ちゃんの　放り出された
何もない　という
異様で不思議な　生きる場所。
絶望の淵とさえも云える
その不安な立脚点。
この数日間のうちに
たくさんの哀しみが流れていった筈なのだ。
それなのに　百合子ちゃんは
バネの復元力の要領で
その苦しいK点を
たおやかに超えた。
軽やかな諦め。
いつまでも余燼の中にオタオタ

うずくまっていないと決めた。
きっぱりと勇猛果敢　エバーオンワード。
凛乎としてたじろがない　よろけない
（と決めたので淡々と活溌）
生温い哀愁を胸に湛えない　悲壮がらない
（と決めたので淡々と明朗）
素敵に普通《フツー》なそのテンション
モチベーション。
ウジウジ　イジイジ
辛気くさくしないと決めた
しなやかな心と身体のバランス
セキレイのユーモラスなフットワーク。
活動家の百合子ちゃんは
浮き浮きと我れ一家の柱たらん
さらさらと自恃《じじ》の

ジャンヌ・ダルクたらんと決めたのだ。
何を畏れようぞ
何を憂おうぞ。

「そう　そう　その調子。
元気を装うことが真の元気を呼ぶのよ。
そうよね　百合子ちゃん
ここに到って　塩化ナトリウムなんか
ボトボトしたたらせたって
始まらないのよね。いずれいつか
時間《とき》が透過する……。
あなたが学ぶ『水』のように
時間は幸福に向けて循環する」

だから　百合子ちゃんは温かにきらめいて

海に向かってダメージのない清冽な声で
「ハラホロハラヒレ」と云った。
百合子ちゃん　それってなあに？
おまじない？　あるいは含羞の間投詞？
自得安心の法？
私はそれを
足元のジャーマンアイリスの葉の
揺れる緑の炎に囁いて問う。
その翌週から百合子ちゃんは
その海辺の町に移り住む。
百合子ちゃんは人気者。
あちこちから届く義捐品の恩恵を
（ヒャー　ワァーイと
　心からの歓声をあげながら……）
積み木の愉しさで積みあげ

新しい生活哲学
（清々しく簡潔に生の意図が凝縮された）
にのっとって　起居する。

海に朝陽が赫々　昇ると
海面に幾千の赤い小旗がさんざめく。
朝々　漲る夢幻のクーデターか。
押し寄せる鬨《かちどき》　立ちのぼる歓喜。
私は百合子ちゃんの住む
丘の上の家の窓ガラスが茜色に染まって
小刻みに幸せに顫えているのを見ている。
ハラホロハラヒレ　ハラホロハラヒレ
きっと今朝も百合子ちゃんが海神《ネプチューン》に
くりかえし闊達に伝えているのだ。
あれは　生　を得てすぐの嬰児《みどりご》が

オギャアと泣いて神様を呼ぶように
あれは　百合子ちゃんの
正しくまっすぐに率直な
この地の神様への
感嘆をこめたご挨拶だったのだ。
私の中でストンと
胸におちるものがある。
ナムアミダブツもアーメンも
この際少し無粋で
だからこの際　飾らず気どらず
ハラホロハラヒレ　ハラホロハラヒレ
カタカナの八文字が光の輪をまとって
アモルフに　あでやかに宙を飛ぶ。
なんて意表を衝く
軽やかな　晴れやかな新生の呪文。

とても хорошо《ハラショー》
心澄む　その余韻。
この地の　万物に宿る神々は
胸に夢とぼす颯颯の美少女が
とりわけ好きなので
百合子ちゃんにどんな幸運を授けようかと
親しく　雁首をよせて
ハラホロハラヒレ　ホラハル　ハルホレと
目下　粛々活き活き協議中。

「本当にそうなのよ百合子ちゃん
慕わしいハリウスの海は
いつも　日の光を集めて
ここから地球の幸福を
しなやかに廻しているの。

それは神話のように
　信じていいことなのよ」

もうすぐ罹災の物語は終わって
百合子ちゃんに立ち還る
静かな日常。
取り戻すめざましい定点。

日本国憲法第九条は雨に咲く白い薔薇

きらめく水平線から湧き出した
無数の海燕が　青い宙を切る
眼閉じれば　燦々の朱夏の光に
硝煙の匂いの酸鼻が濃い
耳澄ませば　さやかに吹き来る朱夏の風に
日本国憲法の悲鳴が混じる

二十世紀は殺戮の世紀だった
戦争で一億人もの無辜の人類が死んだ（殺された）
対立を経に　憎悪を緯に　人が人を殺す人類史上稀な

獰猛な悲しい　傲岸の　恥の　無知の世紀だ
ホモサピエンス（知性のヒト）であることの矜恃を
悪魔に売り渡した世紀だ

屋久島の廃村に　美しい水に魅かれて　移り住んで
森羅万象こそを神仏と仰いで
まっすぐ　つましく生きた　詩人がいる
原初の人さながらに　大地を耕し　祈り
深く大地に接吻して　その接吻をささやかに　詩に記して
八月の強烈な光の中
オレンジ色ののうぜんかつらの花が
呆けて　眩しい日　ひっそりと
颪と宇宙に化合して死んだ　詩人がいる
詩人は愛しい　私の兄だ

葬儀の日　妻が詩人の遺言をゆっくりと　噛みしめるように
自身の明瞭な決意として　読みあげた
第一の遺言は
《ぼくの生まれ故郷の、東京・神田川の水を、もう一度飲める水に再生したい、ということです。……　あの川の水がもう一度飲める川の水に再生された時には、劫初に未来が戻り、文明が再生の希望をつかんだ時であると思います。
……　子供達には、父の遺言としてしっかり覚えていてほしい》
第二の遺言は
《とても平凡なことですが、やはりこの世界から原発および同様のエネルギー装置をすっかり取り外してほしいということです。自分達の手で作った手に負える発電装置で、すべての電力がまかなえることが、これからの現実的な幸福の第一条件であると、ぼくは考えるからです》
遺言の第三は
《この頃のぼくが、一種の呪文のようにして、心の中で唱えているものです。……
南無浄瑠璃光・われら人の内なる薬師如来。

われらの日本国憲法の第九条をして、世界のすべての国々の憲法第九条に組み込まさせ給え。武力と戦争の永久放棄をして、すべての国々のすべての人々の暮らしの基礎となさしめ給え》

その夜　テレビは詩人の葬儀を伝え
遺言は全文　テロップで静かに流された
兄の逝く一ヶ月前　偶然それはある雑誌の
リレーエッセイ『遺言』に掲載されたものだった
随分大上段に構えた遺言だと
そういう風にしか生きられなかった肉親を　一瞬悲しんだが
兄はそうではないと云う
《ぼくが世界を愛すれば愛するほど、それは直接的には妻を愛し、子供達を愛することなのですから、その願い（遺言）は、どこまでも深く、強く彼女達・彼ら達に伝えられずにはおれないのです。
つまり、自分の本当の願いを伝えるということは、自分は本当にあなた達を愛しているよと、伝えることでもあるのですね。死が近づくに従って、どんどんはっきりしてきていることですが、ぼくは本当にあなた達を愛し、世界を愛しています》
あれは　モルヒネが入って朦朧とした肉体を
辛うじて奮い立たせるように　背筋を伸ばし
不思議に意識だけは混濁させない兄の
渾身のメッセージだった　と今は思う
自身の苦痛にふれること　一切なく
他者の苦痛に向ける眼差しの真摯な詩人
遺言にこめられた兄の清潔な悲憤　切実な希求

《日本国憲法第九条は　あれだよ》
と兄が震える手で　緑が海のように波立つ
庭の澄んだ一点を　指さす
亜熱帯の島の　明るい夏の雨の中で

白い薔薇が冴え冴えと一輪　清冽に咲いている
張りつめた空気の中で　何という静かな透明さ
日本国憲法第九条は　雨の日の孤高の白い薔薇！
《件《くだん》の悪人達に　高潔の匂い立つ白き薔薇
　やすやす　手折らせることならじ……だ》
幽鬼のように揺れて　眼光が　既に仏のように柔らかな
小さな詩人の色失せた唇から　蝶のように言葉が発つ
清しい詩人　哲理の詩人
その抵抗の個人運動のひとつの型として　生命を賭して生き
死んだ詩人よ
あれは　誇らしい　私の兄だ
世界が白い薔薇に満ちる日を
熾烈に夢みた兄をドンキホーテと嘲笑うなら　嘲笑え
私は従者《ずさ》サンチョパンサになって
白薔薇の青い萼《がく》を　支えつづけるものでありたい　と頓《とみ》に思う

劫初に未来が戻る日まで
白い薔薇よ　憲法第九条よ　美しい慈愛の憲法よ　珠玉の憲法よ
凛然とあれ

大江健三郎、梅原猛らによる、輝かせたい憲法九条の会
発足の日（二〇〇四年六月十日）に。
その共鳴現象よ、轟々として広がれ。

V

帰郷（I）

お茶の水駅東口に降りたった私に
さやかに風も吹いていた。
岸体育館も日販も　井上眼科も
すっかり　そのたたずまいの丈を
雲突かんばかりに空に伸ばしたというのに
神田の街は足元の路地の美意識が少しも　変わらない。
私が未生以前から住んだ街は　変わっていない。
死者達の呂声《りょせい》　生々しい川の匂い
ホームから立ちのぼる多様な声。　多重音《ポリフォニー》。　エコー。
記憶と幻覚のシェイク。　幸福と悲哀の頒たない相剋。

十月半ばというのに
銀杏の樹は青々として
まるで夏の樹の真空の相貌で
せいせいと街路に影を揺らしていた。
この広々と清々しいお茶の水の季節感。
聖《ひじり》橋は何のための補修か　鉄くいがコラージュされて
淡いオレンジ色の大理石は威風堂々静まりながらも
あからさまな敵意をむきだしにしている。
そのかみ　欄縁に吸いよせられるように　千度預けた頤《おとがい》。
川の水の反映。
遠いドリーム・タイム。*
橋を渡ればいつもハレーションの異境。
神田明神。　湯島聖堂。
あの晴れがましさ。　ほの暗さ。
この石橋を通りすぎた

たくさんの想望。幼い恋。　七五三。
脳髄まで麻痺させられた勇壮の神田祭。
私は動かないことを芸にする
大道芸人のように
ピタッと止まって佇ちつくす。
心臓も肺も停止したかのようだ。
指先が冷たい。
神田川の川底から幾本もの記憶の白い掌が
ゆらゆらと　次から次から伸びて
私の背をひんやりと擦り　肩をつかんで揺すぶる。
間断ない悔悟の増殖。
沈積していたものがふつふつと浮上する。
焼き玉エンジンの煙をたてて川波を揺らした
幻のポンポン船がゆく。幾艘もゆく。
白昼夢のように甦るものの

そのくっきりとした輪郭に愕然とする。
この聖橋から兄は
父の自動車修理工場で働いて貰った
初めての給料を川に捨てた。
傍らで私が嘲笑ったというのが　その理由の突っ先にあった。
兄の矜持　倨傲。
兄の憤怒は濁った無機質の川面で暗くぎらついた。
その日から兄は　父を捨て　工場を捨て　神田を捨てた。
そして次世紀への思索をさ迷う人になった。
時代の迷子。　時代の捨て児。　兄の蒼茫。
今も私が兄と共有する血の紐帯の濃さ。
感性の底に澱むものの酷似。
（ふるさとに来て哭くはそのこと……）＊＊
一人の友人はこの橋から
金色に輝くカルフォルニア檸檬《れもん》を放った。

檸檬の描いた　光のように眩しい抛物線。
あれは青春の軌跡。
彼は彼の檸檬の時間を捨てた。
彼は今　栄光のミュージシャン。
一九七〇年　この石の橋を揺らした絶望のシュプレヒコールにおびえて
栗野《アワノ》クンは胸を抱えこんで　青く浮腫《ふしゅ》して死んだ。
この界隈《かいわい》一　美しい　純粋な　聡明な白皙の青年だった。
栗野クンの家は瀟洒な黒いビルディングに
変わって　駅のホームを俯瞰していた。
その屋上から　今　私を見おろしているのは栗野クンだ。
彼はもう私から　優しい眼を逸らすことをしない。
もう　苦しく嘔吐しない。
カクテルの「まいまいつぶろ」も「黒岩スリッパ」も
兄妹全部の制服を誂えた「ヤマヤテーラー」も
「羽吹さんの家」も　もう無い。

地霊《ゲニウス・ロキ》だけが鮮烈にそこにある。
神田の街の強固なアイデンティティ。
黒岩スリッパの小父さんは四角い顔で
いつも店奥で神妙にスリッパを縫っていた。
娘達も一様に四角い顔で眼が薄く小さかった。　笑わない一族。
いつもお茶の水駅のホームの雑踏の音に
吹き消されがちだった　工業用ミシンの擦過音。
よく笑う家も　笑わない家も　どの家も　階段がひどく急だった。
神田の家々の愛《かな》しい共通項。
関東大震災のあとに建てられた
空間処理の玩具めいた家達。
黒光りする細い階段をのぼりつめた部屋で
私は（あれは誰の？）学生服の詰衿の衿を
あんまり汚れているからと　ベンゼンで執拗に無心に拭いた。
甘く饐えた皮脂の匂いが狭いその部屋に満ちて　その人は首筋を赤らめた。

「もういいよ　もういいよ」炎《ほむら》のような羞恥の声だった。
お茶の水駅でざわざわと鳴るのは
風ではなくて
しがみつくようにして抱きつづけた
私の生い立ちの翳。不定形で不透明な領域。
私の身体からざらざらと零れおちるもの　の音。
その壊れることの決して無い記憶のためになら
死ぬことさえたやすいほどの……。
(色と匂いと音楽と……思慕と憧憬と……)

いいいいいいいい
お前は何をしてきたのか　という
お茶の水駅の無遠慮な設問に
私は答えない。答えられない。
私を生かすために差し出された
父の命。母の命。レオの命。妹の命。兄の命。

数多《あまた》の犠牲《サクリファイス》。
（七たび生まれて死んで見せ　だ）
父の叱声がする。
それでも私は鬼子母神になること叶わなかった。
吹き来る風の詰問に私はひたすら無言だ。
い、い、い、い、い、い、
涙　噛んでも泣きはせぬ。
（アラウンド七〇年を席巻した　懐かしい流行り歌だ）
神田川の眩しい水の反射。私の出自の光。
暗点のように秋蝶が水際を踊る。
異次元の在り場所への秘密の入り口を
私に知らせようとするかのようだ。
岸辺ではおわっていない過去の蜃気楼が
おいで　おいでして立ち昇る。
（野にかぎろいの立つ見えて）
母の声がする。

あの河岸で摘んだ
芹　蕗　こじゃく
ゴギョウ　ハコベラ　ホトケノザ
引き抜いた百合の根　葛の根。
あの岸辺は私達家族のサンクチュアリー。
夥しい古歌を身体に刻んだ。
（春の野にいで若菜摘む）
母の声の氾濫。
あの鉄分の多い土の匂いは終戦の匂いだ。
私の生涯の香りの原郷。
それにしてもいつまでもささくれだって私の闘いは　終わらない。
終わらない　荒々しい自己嫌悪。
水道橋の方向へ
きらめいて遡上していくのは
古い　私の情炎。虹色の蛇。

万世橋を下り海の方向へ
光の束となって流れていくのは
新しい　私の噴き上がる情炎　懲りない罪　咎。

四半世紀の離脱《デタッチメント》の年月を　傲岸にも
無造作に　ウッカリ忘れた振りで
膝をがくがくふるわせながら　跨ぎこした
これが私の厚顔な「帰郷」の　全容の　薄い上澄み　だ。

＊生命が形をもたずスピリチュアルに存在する場。オーストラリアの先住民族アボリジニは、
その時空に満ちる聖なる時を「ドリームタイム」と呼んだ。
＊＊石川啄木　そのかみの神童の名のかなしさよふるさとに来て泣くはそのこと

帰郷（Ⅱ）――神田淡路町――

日暮れると神田の街は微かなレモン色を帯びる。
営みの灯をひっそりと灯すのも
淡路町須田町界隈は昔に変わらない。
影をもたない灯。熱を持たない灯。
寂しいけれど安らぐ蛍火に似た灯群。
病院や大学がひしめくこの街の黄昏の
ポジションの低い生業の灯の仄暗さと冴え冴えとした静寂を
死んだ兄はいつも「寂光土」と鬱金《うこん》の声で呼んだ。
家の向かいの石畳の　奥の井戸につづく細い露地を
「魔界への道」と詠んだのは　淡紅色の頬もつ母だ。

井戸を覗くと青黯《あおぐろ》い別の闇の入り口がいつも渦巻いて見えた。
闇の中心の　ぎらりといきものめいた金色のぬめり。
お茶の水坂を　靖国通りまで降りきらずに右折して二十数歩……
幽霊坂を越えた一角
千代田区神田淡路町二丁目十三番地
仕舞屋《しもたや》が立ち並ぶ　薄闇色した土蔵と　石倉と
古い井戸のある街で　私達は生まれ　育った。
戦禍を免れた曲輪内《くるわない》の古い町。
四半世紀ぶりの帰郷の日も　淡路町の街は
中空に　手が届きそうに近い　青白い円盤の月　を浮かべて
二十五歳で死んだ妹の声が　どの露地からも響いていた。
アパティアな声。
「死んだ人は皆　あの月で累々打ち重なって暮らすのよね。
私があの月にのぼる時には　せめて
お姉さんのチュールレースのウエディングドレスを着せてね。

薔薇のティアラもね。サテンの銀色の靴もね」

妹の声もこの街の灯ともし頃のように影をもたない。

温度をもたない。

十八歳の夏から入退院をくりかえして
妹は　頭上をいつも青銅色の重い天蓋で閉ざされて
縹渺痩せ細り　影を薄くしていった。

「ほら　自分の指がもうこんなに見えない」

妹は月にひらひらと白い指をかざした。

爪の蠟色が私を深く戦慄させた。

「ほらね」

「ほらね」

あの宵　神田の小路《こうじ》を水のようにゆらゆら流れた妹のはかない指。

私達は　月が傾いて色を失う時間まで
殆ど視力を失いかけている妹の足元をそれとなく労りながら
神田の街を風の流れのままに漂うように歩きつづけた。

此処其処で不安に匂いたった金木犀　銀木犀。
花の香にまとわりつく死の表徴。悲しい予感。
月光《かげ》にひたされた　小川町　駿河台　神保町。
お風呂上がりの妹の長い髪が　海藻《うみも》のように冷えていた。
骨の肌触りの乾いた風が吹き抜けた。
「このまま永遠に歩きつづけたい」
見知らない少女の貌と声が　私の肩にあった。
妹はそのうなじと魂魄の重みの全部を姉にゆだねていた。
次の春の　爛漫のエープリルフールの日に
妹は肺炎であっけなく逝った。
枕の下にしのばせていた
眼球寄附と献体の　小さな二枚のカード。
妹は息をひきとってから　もう一度
潔く引き裂かれ　切り刻まれた。
その透徹した無言の怜悧な意志。

あの白昼　妹の柩を載せた霊柩車は
友人達の泣き声に阻まれて走り出すことが出来ず
クラクションを低く鳴らしつづけて　此処で長く立ち往生した。
その音がベースの音に変わって
今も　露地を暗い龍のように　ズム・ズム・ズン・ズンと這う。
龍の眼の微弱な光
あれは柩の妹の胸を飾った悲哀の真珠のゆらめき。
佇んだ此処は幼い日　妹と匂い硝子をこすっては
地面にいとけない蛙のように這いつくばって
鼻をこすりつけて陶酔した　その場所だ。
ふくふくとキューピー人形のようだった妹の足。
「匂い硝子って　月から墜ちてきたってほんとう?」
「月のカケラ?」
妹はあどけなく執拗に私にそれを確かめた。
霊柩車はさながら　悲しみの湖上をゆく船のように

神田の街のどの道も　ゆっくりゆっくり走って
父が吶々《とつとつ》と　その日弔辞で語ったように
それは　星月へ嫁ぐ妹の婚礼だった。
曖昧な記憶は何ひとつ無い。
「桜花も恥じらう二十五才の娘に
　葬儀という言葉はあまりにあわれで酷《むご》いので　せめて
　この葬礼を　あの娘《こ》の婚儀と思ってやって下さいませ」
あの日の蒼ざめた　父の直截な哀切の声がする。
露地奥の井戸の水辺から蕭条《しょうじょう》流れ出した声。
それを引き金に　井戸水は滾々《こんこん》と湧いて
淡路町二丁目十三番地を浸し始める。
瑠璃色を薄めたような水の
さやさやとした　この匂いも変わっていない。
見開かれた　父の眼からも母の眼からも
兄の眼からも妹の眼からも

翡翠《かわせみ》が羽ばたくように青い水が溢れだす。
私はふうっと大きく息をととのえる。
やっと鎮まった筈の私の脳の中でも　時間の泥がゆるく旋回する。
あわあわと　幻のシネマパレスが沈む。阿久津病院が沈む。
同和病院が沈む。丸善が沈む。高崎製紙ビルが沈む。
淡路小学校の桐の花が沈む。
遠ざかる羅宇《ラオ》屋の声。しじみ売りの声。金魚売りの声。
ゆるやかに水量を増し淡路町に溢れる　水。
あの日の
臓腑がぎりぎり絞られるような悽愴な母の声も聴こえる。
「さあ　眷属《けんぞく》みんなで今日から
　命懸けの弔い合戦を生きますよ」
きっぱり母はそう云って
「誓いますよぉ～　ク・ニ・コォ～」と　死んだ妹の名前を
ひゅうひゅうと喉ふるわせて切なく呼んで夜穹を引き裂いた。

（鳳仙花のひらくほどの音がして）母の左耳の鼓膜が毀れた。
あの日から私の横隔膜も　さざ波の痙攣をつづけてやまない。

今や　魔界の声も　寂光土の光も
時をかい潜《くぐ》って　澄んだ水底できらきらと光っている。
水中から　遠い日の匂い硝子の
薄紅色の匂いが立ち昇る。
風が鳴るのでふりかえると　記憶の波間に
懐かしい私達の家の　低い窓が見える。
台所で母が指先をひわ色に染めて
野菜を静かに刻んでいる。
黄泉《よみ》の闇も一緒に刻んでいる。
夕焼けの絵を仕上げて
父が絵筆を丹念にもみしだいて洗っている。
兄がベーゴマの芯にびゅんびゅんグラインダーをかけている。

妹は人形を柔らかにさすって　寝かしつけているのか
小さな舌をチッチッと小鳥のように鳴らしている。
裏井戸で金魚鉢の水を汲みあげている少女は誰。
私の帰郷に家族は　まだ誰も気付いていないらしい。

春《はる》氷柱《つらら》　光の指

仏像の光背《こうはい》から光が溢れ始めた　と
一瞬　その眩ゆさに射られて眼を冥じる
キラキラと仏の背　萌えたたせて
硝子窓に顔寄せる春の　氷柱《つらら》　だった
氷柱の尖《さき》に滴る　円い初々しい雫《レンズ》の中に
もう　兎波《となみ》走る石狩湾が　金剛石《ダイヤモンド》に結晶して
かすかに揺れながら艶々《つやつや》と閉じこめられている
雫は　淼々《びょうびょう》の海の遠い　記憶の青い花を鮮鋭に
映して咲き誇り　鉄琴《ビブラフォン》の歓声を上げる
（古《いにしえ》　咲くという字を咲《わら》うと読んだ……）

早春の蒼空は誰の青つづら　瑠璃つづら
窓を開け放って　咲《わら》う　つ・ら・ら　に呼びかける
氷柱に接吻《くちづ》けると　つ・ら・ら　の根が
ピキピキ　キシキシと鳴る
氷柱は幻化《げんげ》の花　仏達の水の容体　光の指
　　吸って　吸って　ハハの指　光輪
母の晴れやかな　綺麗な声が降ってくる
　　奏鳴《な》らして　奏鳴《な》らして　イモウトの指　光彩
邦子《いもうと》の途方に暮れたさみどりの声もする
　　はしはしと噛み砕くといい　チチの指　光芒
父のすこやかに甲高い声もする
　　しゅわしゅわと啜りなさい　啜りなさい　アニの指　光陰
兄の静謐な声がする
つ・ら・ら　つ・ら・ら
遠い清流の水音孕むもの

la la as tears go by ビートなリズムも聴こえる
　葬儀の日あなたが　さ・い・さ・い　噛んだ私の薄い燐骨
母の声が滴る
　さ・い・さ・い　ひそかに噛んだ私の薬指の骨
邦子《いもうと》の声が滴る
つらつら　つらつら　風に和む氷柱　雫
さいさい　さいさい　光散らす催馬楽《さいばら》*
氷柱は甘やかに妖しい　樹液めく生ぐささで
私の唇を濡らす
死者達は　いなくならない　凛乎として遍在する
こうしてやって来ては
私のカオスに塞がれる鼓膜をすっと透き徹らせる
見えないものにやわらかに私の皮膚は包み込まれる
ひりひり乾いた肌の一瞬の蘇生　心の斜度がゆるく引き戻される
　悲しめるもののために　つ・ら・ら　光る

兄の声のつらつらの滴り
　くるしみ生きるもののために　つ・ら・ら輝く
父の声のつらつらの滴り
朝羽振り　夕羽振り＊＊
遠土へ翔《た》った愛しい族達《うから》の　指　が
氷柱になって　さざめいて帰ってくる
波光きらめく石狩湾の早春
青うなばらが蠕動して　熱い蜜を放っている
響き合う　父指つらら　母つらら
耀よい合う　兄指つらら　妹つらら
さやかに匂う　夭折の死児《レオ》つらら
光返して官能の　亡夫《つま》つららも　しらしら滴れ　今朝は

海から春の気流がさざさざとなだれこむ
日射しのふらここ　うらら　穹《そら》で揺れる

うらすら　うらうらと私を漂っていくもの
はるつらら

＊雅楽　笙・ひちりき・箏・琵琶の伴奏で斉唱する声楽曲
＊＊万葉　柿本人麻呂

Ⅵ

叙事詩

モーツアルトを聴くと

——追憶のスコープの中の、珠玉のモーツアルト——

モーツアルトを聴くと、いつも、一九五六年春の、私達家族を襲った苦しいドラマが憶い出される。何年も同居していた医大生だった従兄が、その春、遠い山陰の郷里に帰省する汽車の中で、急逝した。

兄はもたらされた唐突な訃報に、呻き、号々と哭《な》いた。

掻き消えるように主を失った部屋に、不意打ちされた悲哀を象徴するように彼のヴァイオリンが残された。父母の郷里でもある本州最西端の遠い海辺の村で、悲号に覆われた葬儀を終え東京の家に戻ってから、兄がそのヴァイオリンの部屋に引き籠もった。そしてふっつり家族との会話を断った。静かに兄の時間が止まった。

ヴァイオリンを抱えて、泣くというのでもなく、硬い髪を逆立てて、兄はその部屋で小さく顫《ふる》えていた。夜になっても明かりを灯さず、従兄の夜具の上に動物のようにうずくまったまま、シーツをぐるぐると身体に巻き付けて、日々、憔悴していった。

それまでの兄は、神童の名を恣《ほしいまま》にした文武両道タイプの闊達な少年だった。勿論、彼の輝く栄光の場である高校にも行かなくなった。神田駿河台のニコライ堂に真向かう西日に当たる家の、窓はおろか、カーテンまでもを息苦しく閉ざして薄暗いその部屋で、兄は宙の一点を凝視したまま、小刻みに顫えつづけた。そのうち悲しみが錯乱に変わった。兄の心の暗渠に自身の《死への恐怖》といったものが病的に棲みついて、心搏は正常なのにもかかわらず胸を掻きむしって苦しがるようになり、昼夜を問わず「心臓が止まる、胸が破裂する」と叫んで、猛スピードでニコライ堂の街を走った。

父が追いかけ、母が追いかけ、私と弟妹も泣きながら兄を追った。

「お兄さあーん、さあーん、さあーん」

家族の声が神田の路地を甲《かん》高く谺した。母のふりしぼるような澄んだ声はとりわけ深い闇の天に谺した。兄の心の闇は果てしなく広がり、家族の凄惨な日々はいつ果てるともしれなかった。それでも母は何にも果敢に立ち向かう人で、少しもおろおろとはせず、怖いほどに毅然としていた。「明るくしなきゃあ……」と呟いては、自らを励まし奮いたたせるように家中の電球をきゅっきゅと毎日必死に磨いて、そうしながら、死への恐怖に竦《すく》んで青ざめ病んで干からびてゆく兄のために思いついたことが、ハイファイ・ステレオを買うことだった。

その前年、カラヤンが初来日して、テレビから流れる妖精のような軽やかな足どりのその演奏に兄が「指揮者によってこんなにも音楽が劇的に変わる」と云っていたことが突如脳裡をよぎって、兄を救うのは「あの日の音楽だ！」と天啓のように閃いたらしい。ドアを一度、外さなければ部屋に収まらない程の大きな高性能のハイファイが速攻で兄の部屋に運びこまれた。関東大震災直後に建てられた古い家に、それは不釣合いなモダンで重厚な什器だった。

そして母が祈るようにして買った最初の一枚のレコードが「モーツアルト」だった。『交響曲第四十番　ト短調 K550』だった。

《死》という黒い大きな鳥影に覆われていた兄に四十番は光のように降りたった。兄の暗い部屋から四十番が初めて流れだした日の母の、泣き出しそうなほどの喜悦の表情は今も鮮やかに眼裡にある。母の意志的な美しい唇が顫えていた。

第一楽章のヴァイオリンのソナタが、兄の部屋から、初め小さく、徐々に大きく奔流のように部屋の扉を溢れだした時の家族の昂揚が、今もそのまま、四十番に触れるたび厚く胸に甦る。

かなしさは疾走する（tristesse allante）。涙は追いつけない（小林秀雄）。

母の気迫に打ち負かされ、多大な出費を強いられた父だけが苦々しい表情を崩さなかったが、眼の奥には、既に柔和なものが兆していた。

第一楽章の悲しみを湛えたヴァイオリンがエネルギッシュな旋律に展開し始めた時、母は、私と妹、二人の弟を抱き寄せて「大丈夫、大丈夫。モーツアルトが必ずお兄さんの魂を救いますよ」と優しく、そして決然と言い放った。額から何かが輝きだすような母の揺るがない確信だった。兄の部屋から、モーツアルトの四十番は優しく激しくくりかえしくりかえし途切れることなく鳴り響いた。いちどきに解消されることはなかったが、兄が胸を掻きむしって、紫色の唇で「死神が、死神が……」と怯《おび》え、叫喚して街を走り回る回数が緩慢ながら減っていった。

まだ幼かった末の弟が「お母さん、僕、モーツアルトが大好きだよ。お兄さんが〝気振れ〟をすっかりやめたもの」と直截に云って、家族がふと気付かされた時、三つの凄絶な季節が過ぎていて、翌春が巡ってきていた。

兄は平常心と聡明さを取り戻して、学年を一年だぶらせることにはなったものの、日比谷高校に復学した。少年期を終え、静かに透徹した青年期に向けて歩み出していた。家族のクロニクルの中の最も悲惨だった月日が終焉していた。

それでも兄の部屋からは毎日、モーツアルトが聴こえていた。四十番以外にも、四十一番《ジュピター》、そして時折、明るい幸福感の横溢する三十九番が聴こえすらした。

手回しの蓄音機で、廣沢虎造ばかり聞き入って浪曲にのめりこんでいた父ですら、宗旨替えして、ラララン、ラララン、ラララランランとさわりのワンフレーズを上機嫌に口ずさむようになっていた。母も稀代の音痴だったが、昼夜を頒かたず聴き続けたため、時に半音くらいの狂いはあったものの、ほぼ正確に第三楽章のメロディーの一部をハミングした。安堵を胸に収めた母の声は愛《かな》しいほど美しかった。

その年の蘇った明るい春のことを思うと、それから丁度半世紀の歳月が流れた今も、薄桃色の優美な風が私に充ちたりて吹く。

そのあとも、脆弱な兄をモーツアルトと仏教が支え、六十二才で他界するまで、四十番は兄の敬虔な真摯な一生の根柢を通奏されつづけた。

逝った年の早春、兄が〝辿りついた聖地〟として耕して生きた亜熱帯の島を見舞った折りにも、唐突に、モーツアルトの話になった。艶々と輝く夜空を見上げながら、夥しい星群れを眼で探って、私の幼名を呼び「水瓶座の生まれだったよね」と泣き出したいほどの優しい口調で、兄が私に微笑みかける。

「モーツアルトもショパンもシューベルトもたしかメンデルスゾーンさえも、水瓶座の生まれなんだよ。星占術には疎いけれど、水瓶座の人達の音楽は……水というより、大気の流れだね。モーツアルトの音楽は天上から降って、星の軌跡を知らせて、僕を絶望の断崖《きりぎし》から救ったなあ」

兄がむごいほどに眼を澄ませて、ゆっくりとほぐれた声で述懐した。

「モーツアルトが僕にやってきたのは、あれは、神仏のはからいだった。間違いなく、あそこからあの純音のエートスは降り注いだんだ」

兄が顫える指で差す天に、銀河がぎしぎし鳴っていた。

そのあとピュタゴラスのことを少し話した。

その日から幾月も経たない夏の日、従兄の見えないヴァイオリンを弾くように右手をゆるく胸で左右に動かして、モーツアルトのコーダ（終結部）のひたすら美しく高まるなか静かに息を終え、星の岸に発った。そのまま〝源〟へ遡る求道僧のような静寂な旅を、モーツアルトの悲愴に美しい、壮麗の音楽と共に、同行二人、大気を流れて、続けているに違いない。そう思いながら、今日も大音響で春光満つる石狩湾の水平線に向けて、モーツアルトの旋律を私は生き生きと放つ。海の青、空の青にモーツアルトの無垢な魂が融ける。

涙は追いつけない。

魂の原郷　屋久島にて

屋久島の地霊《ゲニウス・ロキ》の旅人の迎え入れ方は、魂をさらう鬼のように、いつも手荒だ。私達の心身は有無を云わさず、遮二無二、その深い懐に抱きとられてしまっている。

山と海との急峻に迫った小さな空港に降り立つと、地から既にゆらゆらと厚い影炎が燃えたって視界がゆらいだなと思う瞬間、この旅もまた、私は屋久島の地霊にぎゅうっときつく抱きすくめられていた。この瞬間から私ははるかな私を静かに回復する。ざらざらとむきだしに晒されて傷んだ日常の表皮がハラリとおちる。安らいだ自分を手に入れる。熱風と呼んでいいほどの気温の中にも関わらず、閉じた呼吸が解き放たれて、精神に清々しい涼風が渡る。船で、飛行機で、屋久島に降り立った旅人の、それは、きっと誰もが感じる強烈な〈日常に蓄えざるを得なかった蘚苔《せんたい》、の剥離〉だと思う。

六年前にこの島で、秋を待てずに、晩夏、兄が死んで、爾来その地霊のゆらめきは一層濃いものになっている。鹿児島空港で、飛行機を小型機に乗り換える時から既に、兄は顔を猿のようにクシャクシャにして喜色満面、私に寄り添っている。

「来タネ、来タネ、ヤット来テクレタネ」

と、生前の兄なら押し殺すはずの感情を、死んだ兄は今はもう何の衒いもなく全放出して、妹を迎えるのだ。機上から兄と二人、九州の果て開聞岳を鳥瞰する。海から立ち上がった神話をそのままに燃えあがる山岳の熾烈な美しさ。兄の息呑む間《ま》に重ねて、私も息を呑む。船に乗って種子島廻りとなれば六時間もかかってしまう海の距離を、翼は二十五分で勇躍運んでくれる。見えない兄が、私のゴタゴタした荷物をもぎ取るようにしてタラップを先導しておりる。兄がそうするのは、身軽にして、私に存分な地霊の抱擁を与えるためだ。死んでそよそよさやさや森へ還った兄は、どうやら、万《よろず》の地霊の手下の者となったらしい。閉塞した呼吸を回復して、忽《たちま》ち活々と蘇生する私を晴々と見守っている。

ふふという嬉しげな嘆息すら聞こえる、と思って眼を上げると、笑い声は生きている弟のものだった。

六つ違いの弟が（私がこの弟に寄せる肉親愛は濃い……）、若い、在りし日の父に生き写しの表情で、父の慈愛の量をそのまま湛えて笑って立っている。その瞬間から、死んだ兄は生きた弟の中にすうっと立ち消える。兄の所作とは余程違う、ゆっくりした仕草で弟が私の荷物を引き取る。

兄の七回忌のための訪島なので、弟が「ご苦労様！」と開口一番きっぱりと云う。その声が少し曇《くぐも》っているので、歯を治したらしいことに気付く。弟も屋久島に移住して二十余年、精神の浄化は著しいが肉体は順調に年老いていく。あれほど際立ってハキハキした江戸弁で過ごした弟が、南の島特有の訛りに少し染まっている。そのイントネーションがまるい。

空港から白川山《しらこやま》という、弟が住み、兄が切り拓いて住んだ美しい沢の集落までの道のりは車で約三十分。弟は地霊との交歓をより深いものにさせようと意図するように、蝸牛の歩みで車をゆっくりゆっくり進めてくれる。

屋久島は石と水と花の島だとつくづく思う。

花崗岩の巨石をおおう太古そのままの瑞々しい羊歯類、照葉樹林。海と平行に走り（海はいのちの原郷だから——という兄の声が絶えず伴走する）、山に分け入ると、こんどはどこまでも轟々、滔々と飛沫をあげて水の走る川と平行になる。水の惑星の水の島……ここに辿りつくと私はいつもそう呟く。川原には、畳十二枚ほどの大きな花崗岩がごろごろと熱射を浴びて呆けている。一千四百万年の繰り返された夏を、巨石はこうして空恋うて呆けつづけているのだ。八月の終わりは赤が主調の花の島だ。ブーゲンビリヤと百日紅《さるすべり》が家々の軒から溢れこぼれだすようにして咲いている。白い花は、木槿《むくげ》と芙蓉《ふよう》。花びら一片一片がくっきりとあでやかに咲いて、主調の赤色を一層際立たせている。

島人達の墓地を過ぎる。どの墓もこの炎天下に傷みのない真新しい仏花が供えられて、この島の死者への葬いの気持ちの、厚さ熱さが知れる（〝祖先の文化〟が息づいている）。墓地が信心の炎で燃えたつように赤い。濃い影炎がここでもゆらゆらと天に昇っている。

白川山に車が分け入ると、むせるほどに杉が匂う。真っ直ぐな天指す杉の樹林の中に小さな家々の点在する、この村落の空気は、屋久島の何処よりも濃密だ。精霊の森。視界の黒揚羽蝶の夥しさに胸をつかれる。二羽の蝶に先導されるようにして車が木洩れ日の道をゆっくり進む。初夏には一〇〇メートルにも亘ってあざみが咲くので、兄はこの道をあざみ道と呼んだ。兄の死んだ年の遡る五月、兄の運転する軽トラックに揺すられながら、私はこのあざみ道で不思議な言葉を聞いた。

「不生という　むつかしい事柄が　ぼくの本性
　不滅という　あり得ない事柄が　ぼくの本性」

　私が「それはどういうことなの?」と訊き返して、兄がこう答えたのだった。

「ぼくはね／かつて生まれたこともない存在だから／死ぬこともない　と云うことだよ」

　そう云って兄は切なく小さく細くなった身体を顫わして、全身で微笑したのだ。

「ただ　今を　吹いているだけ／どこからか吹いてきて／どこかへ　吹いていく」

　兄の声が風のようだったことを回想していると、弟が「ほら、お兄さんの好きな数《じゅ》珠玉草《ずだまそう》の繁みだ」と指さす。「ヨブの涙」と数珠玉草を呼ぶことを教えてくれたのも兄だ。歪んだ灰紫色の硬い涙……。病と苦難の押し寄せる絶望の中で信仰を捨てず、最後に神に祝福されるヨブの話を語る兄の口元はいつもひくついていた。兄は涙脆い。そのＤＮＡを幾分引き継ぐ私と弟とは、ヨブの涙の背高い草叢《くさむら》を行きながら、なにがなし、もの悲しい。

その午後、兄の七回忌が公民館で執り行われた。二〇〇一年八月二十八日、兄は逝った。その時遺した詩が、誰の胸にも未だ痛い。

いってらっしゃーい

橙々《だいだい》色の　のうぜんかずらの花のトンネルの下を
朝　子供達が学校に出かける

二年生の閑ちゃん　行ってらっしゃーい
行ってきまあーす
四年生のすみれちゃん　行ってらっしゃーい
行ってきまあーす
一人ずつ声を掛け　一人ずつ声を返してくれるうれしさ　有難さ
六年生の海彦　行ってらっしゃーい
行ってきまあーす

そんな風に　ぼくもこの世を去る時
行ってきまあーす　と　元気に声を出し
行ってらっしゃーい　と　見送られたいものだ
橙々色の　のうぜんかずらの花の　トンネルの下を

平明で屈折のない詩を兄は書きつづけた。〝死〟が誰にも分かりやすい。死出の旅に兄がくぐったのうぜんかずらの花トンネルが、今年疎らで、眼を凝らさなければ探し出せないほどだ。何故なのだろう、あの日の万分の一に満たない花の量だ。焼香に訪れた誰彼が異口同音、そのことを訝しむ。

兄の死後、関係者のご厚意で制定された『オリオン三星《みつぼし》賞』という子供達の詩を讃える素朴な詩賞の表彰式が例年、法事に先立って執り行われる。

今年は七六六点の詩作品の応募があって、小学校低学年、高学年の部、中学校の部、高校生の部、とそれぞれ最優秀作、優秀作、佳作の三賞があり、全部で十二の作品が選ばれ、表彰された。表彰状と図書券を手渡し、応募者全員に七六六篇の全作品が掲載された厚い詩集が手渡される。受賞者全員の朗読も、素直で清々しかった。詩は童話のようなもの、言葉を音として響かせたいという兄の深い希求がこうして実っているのだと瞼が熱くなる。

「詩は絶望に耐えうる希望、祈りをうたうもの」という兄の言葉が義姉によって届けられる。

会場の窓の外では幾百の蝶、蜻蛉が群れ飛んで、クサギの白い大きな花房が風に揺れて芳香を放っている。子供達の詩も自然と自分とのつながりを鮮やかに捉えている。頭デッカチに、詩を概念で捉えようとしていなかったかと、自分に問うてみるいい機会になった。子供達の訥々としながら真に輝きだすような朗読の声を聴きながら、私は、会場を取り囲む森羅万象の中にひそみ、成り行きを伺う兄に執拗に語りかけてもいたのだ。

「お兄さん、まだ大丈夫、子供達はまだがっしりと自然とつながろうとしています。きっとまだまだ言葉の世界を広げます。詩も大丈夫。屋久島も大丈夫。人類もきっと大丈夫ですよ」

午後四時から、これは詩賞の表彰よりもっと素朴な七回忌の法要が営まれる。

「詩農一如」を目指して百姓として、信仰者として、そしていささかの詩を書いて、極端なつましさを自分に強いて生き、確かな実りの手触りを得ないまま突如、癌に拉致されて逝った兄だが、友人の僧侶の読経を聴きながら、私は少し性急に過ぎたことを否めないものの兄の死が豊饒なものであったことを認めないわけにはいかないと悟っていた。

読経は蝉の声に溶け、せせらぎに溶け、沢を流されていく。

出版関係者、詩人、村人、島外県外からの夥しい読者、法要の回をこれほど重ねてもその数は少しも減じない。気詰まりな人は誰一人いない。自分の出逢った詩——として読者が夫々に読んでくださる兄の詩にその都度心を揺すぶられる。長い詩を暗誦《そらんじ》じている人もいる。

やがてギターが伴奏される。ボンゴも鳴る。劫初にそうであったように、詩は音をひきだす言霊だ。島を出ていて、この日のために島に戻ってきた青年が火と風の舞いを踊る。カリスマ美容師と呼ばれる職種の人らしい。沖縄から一人やって来た少年は眼を瞑じて、詩にも音にも静かに反応して、その全てを自身に取り込もうとするかのようだ。四国の彫刻家は終始寡黙だ。離婚したばかりの美しい顔のミュージシャンは、今年も兄の詩に曲を付してくれたようだ。去年より歌いこみ方が深くなっている。

初対面の筈の人達が、百年の知己のように和み、語らい、歌い、踊る。

屋久島が海底から隆起した一千四百万年前、この島に人類が海の泡から生まれるようにして、風にのって訪れた六千年前、人類はこんな風に睦み、掌を包み合い、リュリリュリと貝を鳴らして、アーイアーイと枝を打ち合って目交《まぐわ》いあったのではないだろうか。

夕陽を送り、皆既月食の月が沈んでも、法要の宴はやまない。詩を唱う若者達は疲れをしらない。

《永遠の青い海
わたしは　それである
わたしは　そこからきた意識の形であるから
そこへ還る
意識の底がぬけて
そこへ還る
永遠の青い海》

あてどない流木のような寂しい声で、それは歌われた。ギタリストも弾きやまない。白々《しらじら》朝がやって来て、やっと七回忌の祭典が終わる。ツーキー（月）・ヒー（日）・ホオシ（星）と鳴く鳥とジョンジョンと鳴く油蟬達が饗宴を引き継ぐ。

少し睡って屋久島の二日目の朝になる。枕元でずっと烈しい沢の音がしていた。その深いせせらぎの音にどんな薬効があるのか、目覚めが軽やかだ。

起き出して「さわさわやさわさわさわや川の家」と呟くと「明恵上人のパクリか！」と弟が笑う。あかあかや、あかあかあかや、あかあかや、あかあかあかや、あかあかのつき——昨日の月がそんな風だったと弟が云う。

天文部に籍を置き、軸足を学業よりそちらにおいて、一夜に流星を数百数えたことのある弟は、天体にも実に論理的に詳細な解説をしてくれて、昨夜、冬の星座である筈のオリオン座の位置も明確に指し示してくれた。藍色の空に南の島のさそり座《アンタレス》は花の咲いたような華やかな大きさだった。火星のように赤い。「大火西に流《くだ》る」という秋の到来を伝える漢詩を私が弟に教えると、弟が「アンタレスはまさに大火の明るさだね」と嬉しそうに答えた。さそり座の尾には茫々天の川が架かっていた。マグノリアの花の繚乱。美しい散開星団M6、M7も、弟が指さす夜穹にぼうっと遠い夢のように黄味を帯びて明るかった。

「あれが天秤座、その南がおおかみ座、夏の大三角形、アルタイル、ベガ、デネブ」

漆黒の宙もつ屋久島は水の島であると同時に星の島でもある。星降る島である。月光降る島である。

縄文杉は、屋久島人よりはるか先にこの地にはるばる辿りついて、もう七千二百年も、昨夜のような荘厳な夜穹の天体ショーの月光、星光を浴びつづけて、深く深く本当に深く樹《た》ち尽くしているのだ。

二日目は総勢八人で永田浜へ降りる。張明妃さんという美しい女性の運転で、車の中は昨夜のギシギシと鳴った星空のように賑わう。明妃さんは神田神保町の老舗のお嬢さん。東京で癌を宣告されて、一人屋久島に移住して十余年、ヨガと気功とで独力でそれを癒《なお》してしまって、徳州会病院の話題を二年前に攫った女《ひと》だ。

「屋久島の水と風と青の透明に、本気で溶けさえすれば治るのよ」

と、彼女はこともなげに云う。胃ガンで死んだ兄は、本気で屋久島の風と水と虚空に溶けることが出来なかったのだろうか。祈りの人でもあったが早熟な智の故に業の人でもあった兄は、この屋久島の海と空の青の呼吸に無心で抱きとられることが出来なかったのかも知れない。肉体を賭して無心になれない——というそのことは、私も弟も病巣のように共通に抱くＤＮＡに違いない。

一瞬、永田浜の海と空の空気が、ゾクリとするほど深く青黒く感じられた。広々とつづく浜で過ごした日も屋久島は白く輝いて、一日晴れ渡った。東シナ海という地理の豊饒な広がり。海が青すぎるほどに蒼い。それは神威といってもいいほどのものだった。細胞のレベルをこえる普遍の歓喜。

《四十六億年の　このふたつとない　生命《いのち》の／青海《あおみ》》

兄の詩を思い浮かべながら、海にたつ。四十六億分の一の、そのまた三百六十五分の一の、気の遠くなるほど熱く眩しい真昼を、詩人と画家（彫刻家）とその家族と八人で感受する。私達は、この蒼海の《願い》から生み出されて、四十六億年をかけて、はるばるここまで辿りついた、またひとつの《願い》であるという兄の思いを共有する。

「本当に、最上の人生」

と、明妃さんが艶やかな声で云う。彼女は今、病癒えて縄文杉のツアーガイドという静かな確かな仕事を生業としている。ひっそりと強く逞しい浜辺の花のような人だ。

彼女だけではない。詩人も画家も、屋久島を志向して集まってくる人達の殆どが、真水のように澄んで、希求する力が勁《つよ》い。

永田浜の白浜に深く腰を沈めて、もくもくと雲の湧く水平線に並列に竝ぶと、私達は、一瞬、その祈りのゆえにまぎれもない『地の星』のようであった。四十六億年の生物、鉱物、花崗岩の死の堆積、地中の銀河（白砂）の上で私達は幸福に光り合ったのだ。

その夜は弟の家での飲方《ノンカタ》であった。どれほどの料理が供され、そしてそれを食したことだろう。飛び魚のすり身のつきあげ、シャコ貝（甥達が四ッ木海岸で採ってくれた……三十センチメートル近い巨貝）の活き造り。ヒヨドリの素焼き、若鮎の塩焼き、ムール貝とオクラのマリネ、イカメシ、黒牛のサイコロステーキ、秋刀魚の（義妹の三枚おろしの捌きの見事さ！）しそ巻き、ｅｔｃ、ひとつひとつの味がまだ味蕾に記憶されている。

弟は若い時スペインに長く遊行して、めるかーどでバケツでワインを購めたというほどの猛者《もさ》なので、お酒はワイン一辺倒。皆、庵主にならってナイヤガラの白ワインを痛飲、何本のフルボトルを空けたことだろう。

主賓は、毎年法要に欠かさず東京から参列してくださる、三島由紀夫の短篇に登場しそうな稀有に美しいご兄妹で「昨夜は月光を浴びながら、白川で泳ぎました、全裸で……」と闊達な会話の運び、グラスの運びもしなやかだ。ご兄妹のその優雅が又、飲方《ノンカタ》の飛び切りの酒肴になったのだった。

弟のラジコンのグライダーが杉の天井を唸りながら旋回する。その音が時間を撹拌する。そこはまさしく、その日過ごした永田浜の大海亀（毎年この浜に産卵に訪れる）に運ばれた竜宮城で、私達は夢のような時を過ごし、その過ぎた時間は海亀の透明に白い清明な卵に他ならなかった。

三日目は弟の運転で屋久島を一周する。前夜からの竜宮城がゆらゆらとまだ続いている。又牛歩のゆるやかさで車が島の海岸線の縁を縫い取っていく。一千四百万年の生命の島を廻る。

《土の道を　歩いてみなさい
そこには　いのちを甦《よみが》えす　安心があります
………
土の道を　じっくりと　歩いてみなさい
そこには　いのちが還る　大安心があります》

現代詩の技巧とはまるで無縁の単純極まりない兄の詩を、童謡のように口ずさんでみると、新しい旋律となって森の道でも、海辺の道でも、ゲニウス（＝守り神）・ロキ（＝地）が弾むように、まるで鶺鴒《セキレイ》のようにヒョヒョッと軽やかに飛んでふりかえっては微笑み、もっともっと森の深奥へと手招く。島の道の地霊は可憐で、陽気で、賑やかだ。木洩れ日がチロチロとそれを追う。まるで生命のマーチの鼓笛隊という風だ。激しく繁茂する照葉樹の中で、見える光と見えない不断光とのフーガだ。そして屋久島にあっては、見えない光の方が、より強烈だ。絶えることのない光、地霊が、無量という《永遠》に、この上ない親しみをこめて微笑み包みながら、私達を誘ってくれている。

海に海亀の死があり、山に仔鹿や猿や雉の死が頻繁にあるとしても、流れくだる谷川の底からも不断光は噴きあがる。音の光だ。海からも不断光は湧きあがる。青の氾濫。屋久島では都市での暮らしのように時間が直進しない。今を永遠とし、永遠を今とした古代の時間が、本当に静かに其処にあった。

その回帰する心地よい時間の中で、私と弟とは、義妹のふっくりとむすんでくれた紫蘇の葉のおにぎりをふたつづつ食べた。

その夜は一湊《いっそう》の川の辺の、河原にせりだす広いベランダのある喫茶店で、ゲーリー・スナイダーと親交のある長沢哲夫という憧憬して止まない詩人の朗読会が行われた。ナーガ（龍）と呼ばれる詩人の詩は一切の贅肉をもたない。「考えられたものでも思われたものでもない言葉たち、ふとやってきた言葉たちを書きとめてみたもの」といいながら、彼の詩の卓越は量り知れない。詩の龍は静かに無辺際を飛ぶ。川の声、山の声、海の声をBGMに兄への追悼詩も読まれた。

つづく朝に

燃える火が
ふとかき消され
深い闇が
立ち上る
つづく朝に　もう
応えはない

木たち草たちのみどり
終わりない水の流れ
しかし　もう
応えはない
つづく朝に

淡々と低温で読まれながら、深い闇に詩の声が高くこだました。ベランダにまで聴衆が溢れ、沢山の詩が読まれたあとも真摯で活溌な質疑応答がいつまでも尽きない。月が中天で静かに回っていた。観光客の若い女の子達にも、あのトレードマークのような嬌声がない。ひとしく地霊に抱かれて、そこにある優しい時間を共有していた。

翌くる日は義姉が浜辺で貝採りをしてくれる。イソモン、シロウマンコ、クロウマンコ、カメンテ。その日の海は大潮で、思いがけない大収穫だった。

「なるべく自給自足に近い農業と採集の生活をすること。書くこと。祈りつづけること。そして夫婦二人共にあること」という兄の信念の中で、生前、貝採りは最上の喜びの具体的な形のひとつだったと、その日の豊漁に義姉が紅潮して述懐する。不意にこみあげるものが、喉をつまらせる。

屋久島最後のその夜も又、至上の晩餐だった。イソモン（鮑の小さいもの）貝を焼く匂い、カメンテをみそ汁に煮立てる匂いが川原の闇に流れ出す。川の向こう岸に、晩年、兄が「自分の木」と決めて愛してやまなかったヤクシマサルスベリが、月光を、足元のたわわに繁るアマチャと一緒に喜々として浴びている筈だ。

自ら『聖老人』と名付けて慕い、讃えた樹齢七千二百年と云われる縄文杉よりも、晩年の兄は、日常の風景の中にある変哲ない一本の樹を愛し擦《さす》り続けたのだった。それが、とりもなおさず森羅万象にカミを見る兄の、長いい命賭したアニミズム思想の深化だった。

貝採りのこんな詩が兄にある。

一日暮らし

海に行って
海の久遠を眺め

お弁当を　食べる

少しの貝と　少しのノリを採り
薪《まき》にする流木を拾い集めて　一日を暮らす

山に行って
山の静かさにひたり
お弁当を　食べる

ツワブキの新芽と　少しのヨモギ
薪にする枯木を拾い集めて　一日を暮らす

一生を暮らす　のではない
ただ一日一日
一日一日と　暮らしてゆくのだ

最後の夜。その夜も弟は私の硬く強張った老残の身体を、厭うことなく気功のリズムで揉みほぐしてくれた。緩急の呼吸が神技に近い。谷川を、激しく打ちつける雨音のように水が下がっていく。幻聴かもしれない、鹿の鳴き声が又聴こえて、白川山《しらこやま》の静寂が胸に広がる。耳を凝らせば銀河が降る音も、羊歯の葉の波立つ音も、森の精霊達の饗宴も聴こえるようなのだ。

私は夜具の上で、腕を精一杯にのばし、首を擡《もた》げて、深く深く息を吸い込む。気功する。白川山の精霊達の底知れない生のエネルギー、「気」の全部を身体の隅々、足指の先にまで取り込もうと何度も何度も息を吸い込み、それを身体の芯の芯、底の底まで流し込む。よい気がモクモクと私の身体の中で増殖する。もう暫く善い人になって生きていられそうな気がする。その漲ってくる力が私に思いがけない言葉を唇から押しだす。

「本気で、もう少し生きてみるから……」

と、新しい喜びにそくそく満たされながら弟に告げている。

「どこから来て、どこへ還るものであるとしても、よく生きてみたいものだと思うね。

大切なのは、長く生きることではなく、よく生きることだからね」

弟の声は明瞭だった。

翌《あ》くる、別れの朝の弟の般若心経は、澄んだきれいな青空のように朗々と美しかった。端然と正座する弟の隣りに座って、私は心もとない唱和をする。父も兄も凛としてお経の声のいい人だった。弟の般若心経がどんどんそれに近付いていっている。父の歩いた、兄の歩いた「土の道」を弟は真っ直ぐに行くだろう。古代エジプト、メソポタミア、インダス、黄河と人類の四大文明の発祥以来の全歴史時間を共有してきた縄文杉の雄々しく樹《た》つ島で、弟は、ゆっくり「大安心」で老いてゆくのだろう。光る宇宙塵になるだろう。

私はその朝の一番早い飛行機で屋久島を発った。過ごした森の時、川の時、海の時に小さく手を振って。屋久島の過ぎた全き時に満身で微笑して。

*

長屋のり子詩集『睡蓮』を愉しむ

花崎皋平

1

長屋のり子詩集『睡蓮』を繙いての感想は、詩を読むよろこびに満たされる充溢感であった。詩を読むことを好んではいるが、個人の心情に閉塞したものやレトリックで飾り立てた独りよがりの詩には閉口する。この人の詩境が示しているのは、そういう、難解な現代詩風とは別の、歓喜や悲哀や幻想の物語に富んだ世界である。

いくつかの詩を挙げて、その特質をのべよう。「蝶」はこう始まる。

合歓の樹の優しい旋律の下の

水の辺《へ》りにとどまって　今
静かに水を飲む蝶は
あれは　私だ。

この変身のイメージは夢と現実の区別を否定する『荘子』の万物斉同思想、「周の夢に胡蝶為《な》るか、胡蝶の夢に周為るか」を呼び起こす。そして

私も亦　この懐かしい水たまりの淡い水辺を
青き羽もつものとなり
ひらひらと巡り漂って
生の蜜を啜る。
生命のかわきを潤す。

ここから生は性の交歓の記憶を喚起し、ギボウシの薄紫の花が愛の始まりを匂わせ、蝶のひとなつの生の短さに重ねられた自分の人生への賛歌となる。

華麗な言葉が流れるように織りなされた詩であるが、『荘子』との照応によって詩に厚みがもたされている。
「カナリア」も変身幻想の詩である。

薄闇の中で
青い翅《はね》の　透きとおった虫を食べたので
私はいきなり時間を踏み外して
カナリアになりました。

そして亡くなったお兄さんと妹との対話がくり広げられる。その対話は、愛する兄と妹を失った哀しみに満ちている。

「カナァァリア　カナァァリア」
遥遠の天の海で
濃い異種の血を頒かちもった

お亡兄《にい》さんと亡妹《いもうと》が
穢《よご》れていない声で　清々しく
私を呼んでいます。

第Ⅱ部の作品は「カナリア」以外もすべて、亡くなった肉親への思慕に彩られている。「栗」、「母の幽霊」、「母の死」では母が、「応答せよ」では父が、「ブルース・ハープ」は亡夫が、「五右衛門風呂」、「あーんしてごらん」では兄が慕われている。「母の幽霊」で繰り返される「お母さん」という呼びかけには、彼女が生前、母に呼びかけていたままの口調が聞こえ、お母さんが彼女を呼んでいた「のんのん」という愛称とこだまする。「応答せよ」は、彼女を愛してやまない父のユーモラスな姿が目に浮かぶ。父の彼女に対する呼びかけ「こちら　チチチ　こちら父　応答せよ　応答せよ」は

失われた　家族のあまやかな蜜箱の時間
遠い記憶の　光る繭の時間

を豊かに物語っている。

「五右衛門風呂」は兄への挽歌である。

もうすぐ死んでしまう兄が、
火を焚いてくれている。

という詩句は、兄妹の立場は逆であるが、宮沢賢治の「永訣の朝」の詩句

きょうのうちに
とおくへいってしまうわたくしのいもうとよ

と響きあう。そしてとし子の「あめゆじゅとてちてけんじゃ」にあたるのは〈お兄さん、松葉の匂いがするね〉以下の対話である。

こうして、詩は詩に地下茎でつながり、葉の上に葉が落ちかさなって有機質の含量をふやしていくのであろう。この詩は悲しくもうつくしい。

2

次に「幸福銀行」を読もう。

〈幸福銀行〉
銀座通りを新橋の方に歩いて
七丁目の角を左に曲がったビルの屋上に
ゆらゆらと黄昏が垂れこめる都会の憂鬱な時間の空を
それは遠慮がちにひっそりとたたずんでいた

それを見ながら

《人生の前半の幸福をあそこに預けておけばよかったのよ》
《そういうことだ》

という会話があり

私達は　口座に預託しておきたかった
過ぎた共通の幸福を戯れに追想する

その追想。

小さな者達が膝の上を蠢《うごめ》いてあまやかに
マぁマと呼ばれ　パぁパと呼ばれた日がなかったか
………
かつて彼は暖かく柔らかな存在として
私に寄り添っていなかったか

この追憶は悲傷にみちて痛ましい。

彼らの家庭と家族の幸福を預託した筈の幸福銀行の通帳はまぼろしとなり、中空に涼しく浮かぶ。ブータンの「国民総幸福量《グロス・ナショナル・ハピネス》（GNH）」をめぐる思索は、人類の未来への不安とともに揺曳する。そしてコーダ（終結部）。

鈍色の鳩が一羽　薄闇の空中で　羽を広げて
風に挑むように　静止する
〈幸福銀行〉の看板は　銀座の逢魔が時に溶けて
　ひっそりと消滅する

ドラマをはらんだアリアである。哀しみに満ちているが、たんなる思い出へと泥《なず》まずに、美へと昇華された悲歌といってよい。

3

明るいのびやかさがこの詩人の持つもうひとつの面である。それはモダンでもあれば下町庶民的でもある。その特徴をあらわす詩に「ごっこ汁」がある。

私は「ごっこ汁」がとても好きだ。小樽の小さな妙見市場での、魚屋の「おばさんの赤裸に温《ぬく》といポエチカルな小樽弁のとりこ」になって、ごっこのさばき方、鍋への仕立て方を、その場に立ち会っているかのように活写した詩なのだ。

ごっこのご面相を「真っ黒く怠惰な達磨法師の涅槃」と評したのも卓抜だが、「何だかグロテスクな魚ね」とのぞき込むオクサンにおばさんはいう。

「いやあ　したけどこれで味だばたいした
メンコイ。ああ　メンコイメンコイって
うちのジジだば　この季節だばいつだり
かつだり　ごっこ汁さ。
どっかオクサンに似てるんでしょうお。

旨いの旨くないのって……なまらだ。
　どってんこくほどだよ」

我慢しないと、どんどん引用したくなる。こういう小樽っ子の浜言葉を「ポエチカル」と聞き取る作者の言語感覚、ユーモラスで祝祭的な詩に仕上げる力に私は感心する。

現代思想の語彙に「ヴァーナキュラー・ランゲージ」という言葉がある。今まで標準語に対して方言といわれ、書き言葉にならない劣った言葉であるとされてきた地方の話し言葉を、「その土地生まれの」という意味のヴァーナキュラーを使って、肯定的、積極的に意味づけようという意図で呼び出された用語である。文字を持たない文化を、書き文字を持つ文化が差別してきたことを乗り越える社会的文化的運動、すなわち多文化主義の運動が、この用語の背後にはある。アイヌ語、沖縄語はヴァーナキュラーな言語である。津軽語、ケセン語も、関西語、鹿児島語も同様であると多文化主義は主張する。この詩はそうしたヴァーナキュラーな言葉、その土地生まれの言葉を讃えている。

第Ⅵ部として散文が二編ある。いずれも兄への追憶と思慕である。詩もそうだが、散文はリズミカルで、華麗なレトリックと文学芸術の造詣を垣間見させてくれる。

4

グランマと少年の交流を歌った散文詩風の詩や「ハラホロハラヒレとそのとき百合子ちゃんは云った」などの愛情ゆたかな作品にも触れたかったが長くなるので端折ろう。

最後に彼女の体現している文化の背景を示している作品「エメラルド色のそよ風族」に触れておこう。

「エメラルド色のそよ風族」とは、彼女の兄山尾三省が名づけた「部族」の名で、一九六〇年代後半、新宿風月堂にたむろした、俗にヒッピーと呼ばれた一団の若者たちから生まれて、やがて信州や屋久島に共同体＝コンミューンを作っていく。

当時アメリカの公民権運動からベトナム反戦の政治的運動の中から「対抗文化《カウンター・カルチャー》」の潮流が生まれ、アメリカでは「ニューエイジ」と呼ばれ、日本では「精神世界」派と呼ばれる傾向の影響力が増大した。

それ以前の（一九五〇年代の）社会的文化的運動は、革命を志向する左翼政治運動の影響下にあった。私はその年代に属し、政治の変革を中軸に据えた文化が関心の的であった。

「ヒッピー＝対抗文化《カウンター・カルチャー》」派は精神の内面に目を向け、日常生活のラディカルな改革や身体を軸とした生命文化を志向した。彼女の兄、山尾三省はその思潮を代表する一人である。彼らはインドやネパール、チベットの精神文化、ガンジー主義、ヨガや瞑想の行などに向かった。この派の影響の許で「スピリチュアリティ（霊性）」という言葉が関心を呼ぶようになった。「エメラルド色のそよ風族」は、その初期の思い出を美しく想起している詩である。詩は当時の雰囲気を風俗的審美的な面からとらえて、唄う唄のノリでつづっているが、私としては、もう少し広角に時代との関係やスピリチュアルな活動を歌いこんで展開してほしかった。

ロシアの森の詩人ミハイル・プリーシヴィンに、こんな言葉がある。

「わたしの喜びは針葉樹の樹液のようだ。傷口をおおう、あの香りのいい脂《やに》そっくりだ。もしその木質部を傷つける外敵がいなければ、われわれは脂についてはは何ひとつわからない。木は怪我するたびに、傷の上にかぐわしいバルサムを分泌する。

ヒトの場合も木と同じ――樹木が脂を出すように、強い人間はときに心の痛みから詩を産み出すのである」（太田正一訳『森のしずく』）。

長屋のり子の詩は心の痛みから分泌されたかぐわしい香りを放っている。

はなざき・こうへい　著述業、哲学者。主な著著に『ピープルの思想を紡ぐ』、『チュサンマとピウスツキとトミの物語　他』。

長屋のり子さんへの手紙

嵩 文彦

お早うございます。今朝も五時には目が覚めました。日の出がすっかり遅くなってまだ夜が続いているのに、私の脳内時計は目覚めよと命じます。夏の間と同じく勤勉です。

私は時々女の脳を持って月々の体内の変化、生理を体験してみたいなとか出産を経験してみたいなとか、女からみた男の魅力とはどんなものなのかを味わってみたいとか、ぼんやり考えることがあります。きっと自我の統率力の弱まった時に起る妄想のようなものなのでしょう。たしかに男と女の境界がなく、行ったり来たりできれば、面白いだろうな、なんて馬鹿げていますね。

長屋さんの詩集『睡蓮』の初校を読ませていただきました。現代詩を読んで肩の荷が軽くなることは本当に稀なのですが、魂が肉体という桎梏を逃れて蒼穹をゆるやかに漂っている感じになりました。少し悲しく、少し淋しく、なのですが。そう、長屋さんの詩は全然暗くはないのだけれど、明るい悲しさが流れているのです。

現代詩が物語性を失い、己の自己認識を他者に押しつけてくる表現手段の一つでしかなくなってしまった時、それは読むのが辛いものになりました。確かに表現は、その時代に生きる人間が世界と構築する関係性の中で成り立つものですから、現代の不安や暴力がその中心にならざるを得ないと思います。でも、世界は多義的であり、人間は実に不可解で矛盾に満ちた奇妙な生き物です。人間に物語が必要になるのは、そのためと思います。カタルシスは生きてゆく上で大切です。昔、物語る人は女性でした。いつの間にか物語は活字にされ、大量に頒布されるものとなり、男の職業になりました。元々言葉を得意としていたのは女の人でした。

長屋さんの詩の物語の中では、死者となった肉親は何の妨げもなくこの世に現れて、生者と交歓します。生者と死者を峻別するのは私たちの意識の有様によるものですが、それを当然としているのが私たちの文化なのです。その意識を少し変えたら、私たちは亡くなった人たちともっと明るく楽しく生きられるのでは？　死者の魂をお墓の中に閉じ込めておくことはないのです。

草も木も花も私たちと同じ生き物として等しく生きています。動物も人間と等しい立場で登場します。人間を頂点にして生き物の序列を作ったのは一神教です（どうしてこうも一神教は戦争が好きなのでしょう）。犬も猫も人間と同じように愛しいものとして登場します。沖縄の百円ショップでの赤い素焼きの馬も死んだ飼い犬と一緒に元気に登場します。詩は生物・無生物の垣根を簡単に飛び越えます。古代の人は素焼の無機物に命を吹き込んで墳墓を守らせました。私たちの堅固な合理によりがんじがらめの意識に風穴を開けることができれば、生きることはもっと楽しく自由なものになるでしょう。長屋さんはそう言っているように思います。大切なのは人間ばかりではありません。全ての命あるものを、かけがえのない地球という惑星を――と広がらざるを得ないのです。

長屋さんが今の時代にどれほど危機感を抱いているかは痛いほど分ります。その気持ちが詩集に「日本国憲法第九条は雨に咲く白い薔薇」を置かせたのです。

《ぼくが世界を愛すれば愛するほど、それは直接的には妻を愛し、子供達を愛することなのですから、その願い（遺言）は、どこまでも深く、強く、彼女達・彼ら達に伝えられずにはおれないのです。

つまり、自分の本当の願いを伝えるということは、自分は本当にあなた達を愛しているよと、伝えることでもあるのですね。

死が近づくに従って、どんどんはっきりしてきていることですが、ぼくは本当にあなた達を愛し、世界を愛しています》

という亡くなったお兄様の言葉を大切にしなくてはなりません。身近な所から一つ一つ実行してゆくよりないのです。

よい詩を沢山読ませていただいて有難うございました。一神教がすっかり地球を駄目にしてしまいました。亡くなったお兄様の命をかけたアニミズム思想は今後もっと重視されるべきものであると思います。残された人生、がんばりましょう。

だけ・ふみひこ　医師、詩人、俳句作家。主な著書に句集『ダリの釘』、『「明日の王」詩と詩論』。

おなり神の歌

宮内勝典

二卵性双生児のような兄妹がいる。顔かたちが似ているわけではなく、まさに「魂のシャム双生児」のような兄妹であった。たまたま私は、その兄のほうに先に出会った。個人的なことであるが、そんな偶然の出会いから語りだすのをどうか許してほしい。大学受験という名目で、私は十八のとき南九州から上京した。受験票は始発駅のトイレに破り捨ててきた。日本から飛びだしていくつもりだった。東京駅に着くと、若い叔母が迎えにきていた。そのころ叔母は神田にある「山尾自動車工業」の事務員をしていたのだが、まもなく「気が合うはずだから」と、職場の青年にひき合わせてくれた。哲学科を中退して、油まみれになりながら詩作をつづけている六つ年上の青年であった。

かれは「一平君」と、私を呼ぶようになった。幼年時代からの渾名《あだな》で、叔母もそう呼んでいたからだ。たぶん、南九州からやってきたばかりの少年を包容する兄のような気持ちだったのだろう。神田川にかかる聖橋や、湯島聖堂のあたりを歩きながら延々と語りあった。私は十七のとき書いた「島」という小説を読んでもらった。三省はまもなく、大学時代の友人にひき合わせてくれた。「文藝」の編集者であった。そうした一連の偶然によって、私の人生は決定づけられていった。不思議なことであるが、東京にやってきて初めての友が山尾三省であり、それから四年後に渡米して最初にできたアメリカ人の友が、のちにアメリカ現代美術を代表するようになったジェームズ・タレルだった。すべて、偶然の出会いだった。

三省に対して、こちらもなんらかの偶然をもたらしたと思う。十九のときナーガ（長沢哲夫）とともにトカラ列島を南下して、与論島で暮らしたことがあった。くる日も、くる日も風葬跡の崖に登り、きよらかな白骨に囲まれながらメルヴィルの『白鯨』を読みふけっていた。永遠かと思われるような長い夏であった。与論島から、三省に手紙を書いた。文面はもう忘れてしまったけれど、島の地図や、環礁に囲まれるエメラルド・グリーンの海や、外海の藍色など、水彩画のイラストを添えたことだけ憶えている。そして東京にもどってから、国分寺に住んでいた三省のところに、ナーガや、サカキ・ナナオを連れていった。その出会いがきっかけとなって「部族」というグループが生まれ、日本で初めてカウンター・カルチャーの火の手があがったのだ。「部族」と名づけたのは、そのころ京都で禅の修行をつづけていた詩人ゲーリー・スナイダーであった。あの水彩画つきの手紙がきっかけで、三省は与論島で暮らし、諏訪之瀬島にコミューンをつくり、やがて終の棲家となる屋久島に移り住んでいった。『聖老人』という最初の著作も生まれてきた。聖老人とは、むろん縄文杉のことだ。そこから先はもう語るまでもないだろう。四十数冊におよぶ山尾三省の著作にすべてが記されているから。

＊

二〇〇一年八月二十八日。東北の竹林の家にこもって十年がかりの長編小説を完成させようとしているときだった。夜ふけまで仕事をつづけ、一息入れようとネットに繋ぐと「三省……」という件名が目に飛び込んできた。屋久島からのメールだった。

文面を読まないまま、パソコンの電源を切った。部屋の灯りも消して、暗闇のなかで竹林のざわめきに耳を澄ましていた。海鳴りを聴いているような気がした。波だつ心を静めてから、ふたたびネットに繋いだ。午前〇時四分、山尾三省が他界したという知らせだった。つい数時間前のことだ。夜の竹林をぬけて川へ降り、流れに手を浸した。

おろおろすることはない　世界はもぬけのからだ
ふり返らなくともいい
心はつぎつぎに水に溶けていってしまう
出かけよう
そして　旅が終わったら　美しい川のほとりで会おう

そんな音色のようなものが鳴りひびいていた。記憶とも、脳裏とも、胸ともつかぬどこかで鳴っていた。ナーガの詩であるが、言葉として思い浮かべたのではなかった。草原を吹きぬけていくギターの余韻にひっそりと耳を澄ましているような感じだった。

半月後に、9・11が起こり、二つの超高層ビルが青空から崩れおちていった。その半月間のことを、ほとんどなにも億えていない。追悼文の依頼が五つもやってきたけれど、一行も書けなかった。マウンテンバイクに乗って、やみくもに林道を走り回っていた。夜の谷間によく霧が湧いていた。長い橋がかかっている。あの聖橋を思いだしながら、マウンテンバイクを止めて一服した。濃霧の日は流れも岸も見えず、ぼうっと宙吊りになっているような気がした。

屋久島で発行されている「生命の島」という雑誌からも、追悼文を書いてほしいという手紙がやってきた。発行者である日吉眞夫さんとは縁があった。二十七年前、初めて屋久島を訪ねたとき、日吉さん一家は白川山の廃村に住みついて、三省を迎えるために家を建てているところだった。そのとき泊めてもらった離れの小屋が、のちに「愚角庵」という三省の書斎になった。そして建てかけであった家の屋根が、やがて草におわれ、木々に囲まれ、のうぜんかつらが咲く終の棲家となり、そこで三省は息をひきとったのだ。「生命の島」にだけは追悼文を書きたかったけれど、やはりなにも書けなかった。

その年の冬「生命の島　山尾三省追想特集号」が送られてきた。「ほんそう児、三省」という一編に目を瞠《みは》った。九十二歳の伯母の語りを聞き書きした文章であった。おばあさんの方言なまりが、まるで万葉集のような音色を奏で、その音色のなかに少年時代の三省があざやかに浮かびあがってくる。素晴らしい文章だった。この聞き書きをまとめた人は、なみなみならぬ才能があると思った。文末に「文責　姪　長屋のり子」と記されていた。だれなのか分からない。長屋のり子さん自身が書いた追悼文もあった。父母がひらく句会で「兄と私は句風、発想が似ていて、時に同一の句を作って父母を驚かせた」と書かれていた。五七五、わずか十七文字ではあるが、同一の句を作ってしまうというのはまったく希有なことだ。まるで二卵性双生児のようではないか。文末に「ながやのりこ　妹」と記されていた。

十八のころの記憶がぼんやりと甦ってきた。神田・淡路町にあった三省の実家で、何度か夕食に呼ばれたことがあった。父母ともに俳句を詠む、きよらかな家族だった。まっすぐに誠心誠意をつくす人たちであった。たしか二人の姉妹がいた。妹の邦子さんは腎臓を病んで若くして他界したから、きっと姉の紀子さんにちがいない。

それから二年過ぎた。9・11に触発されて、私はある長編小説を書こうとしていた。集中するため、どこか静かなところに籠もりたかった。そんなある日、北海道から電話がかかってきた。長屋のり子さんからだった。「一平ちゃん」と懐かしそうに呼びかけてくる。山尾家で夕食をごちそうになっていたころの呼び名だった。長屋さん夫妻は、小樽で「多喜二」という鮨屋を営み、羊蹄山の麓に山小屋をもっているという。三省は病が癒えたら、そこでしばらく暮らしたいと思っていたが、もう叶えられそうもなく、

「あの山小屋で、一平君に書かせてやってくれないか」

と言ってくれたのだという。のり子さんはそれを遺言のように感じて、よかったら、仕事場として使ってくださいと申し出てくださったのだ。

まさに渡りに舟であった。すぐに長距離バスで新潟へ向かい、小樽行きのフェリーボートに乗った。映画室まである巨船で、ガラス張りの大浴場もついていた。湯に浸かり、月山や鳥海山を眺めながら冬の日本海を北上した。雪が降り、ひっそりと海に吸い込まれていく。その船上で『焼身』とタイトルを記し、二つの超高層ビルが燃え上がるシーンから書きはじめた。小樽港に着くと「一平ちゃーん」と、懐かしい声が

聞こえてきた。のり子さんだ。長い年月が過ぎたけれど、たましいが爆《は》ぜるような明るさは少しも変わっていない。

羊蹄山の麓の小屋は雪に埋もれて、近づくこともできなかった。そこで、夫の長屋恵一さんが書斎として使っている海辺の小屋に住まわせてもらうことになった。にしん漁でにぎわっていたという番屋に、冬の荒波が打ち寄せていた。くる日も、くる日も吹雪だった。銀世界のなかで、炎に包まれていったベトナムの仏僧のことを書きつづけていた。

その小屋を去る日、白いノートや原稿用紙をテーブルに残していった。『ドストエフスキーの現在』という著作がありながら、長いこと筆を折っている恵一さんに、執筆を再開してほしかった。「生命の島」で瞠目させられたのり子さんにも、ぜひ書いてほしかった。二人は一万数千冊の蔵書を抱えながら、つつしみ深く読者の側に身を置いてきたのだった。ノートと原稿用紙は、二人への置き手紙のつもりだった。

そんな無言の手紙は通じたらしく、恵一さんは再びドストエフスキーについての論考に取りかかり、ついに著書を刊行することになった。のり子さんは、テーブルのノートに詩を書きはじめたという。ほとばしるように生みだされてくる詩編に圧倒された。生の苦渋や哀しみを熟知して、たっぷりと血肉をたたえながら、知にも裏打ちされている大人の詩であった。さらに、小樽の雑誌で「水平線の散歩」という小説の連載もはじまった。岡本かの子を彷彿とさせる文章だった。これほどの才能をどうして封印していたのか不思議だった。もしかすると、兄への遠慮があったのかもしれない。たがいに同一の句を作ってしまうような「魂のシャム双生児」である兄は、辺境へ自分を追いつめながら、言葉の仕事に命を削りつづけている。その兄をだれよりも畏敬する妹は、わたしなどが書くのはおこがましいと自分自身を封印して、「清しい詩人」である兄を守りたいと願っていたのかもしれない。むろん、兄のほうもそれを自覚していた。「生命の島」に兄から妹への（おそらく最後の）手紙も載せられている。

「妹がいてよかった。兄妹であってよかったと、この半年来心から思っています。その感謝の気持ちを伝えたい。あなたがロッド（長屋恵一）を一人にしてお正月に来てくれず、また春に一緒に来てくれなかったら、結局、ぼくは、妹よと呼びかけられる者に会わぬままに死んで行くことになったでしょう。ところがそうではなかった！あなたは来てくれ、あなた達は来てくれた。そのお陰でぼくは世界の中の最も豊かな富、妹という富を持つことができたのです。沖縄には〈妹の力〉という概念があるのを知っているでしょうが、ぼくが呼ぶ富というのもそういう概念で、妹というのは、ただ存在してくれるだけで、父母に等しい豊かさを与えてくれます」

宮沢賢治が、妹の「とし子」へ抱いていた思いの深さを彷彿とさせる。もしかすると、紀子さんが「のり子」とひらがなまじりに名乗っているのは、賢治の妹と三省の妹であることをひそかに重ねているのかもしれない。いま、ふっと思い浮かんだことにすぎないが。それはともかく、宮沢賢治の『春と修羅』には、瞠目すべき三つの詩編があると思われる。まず「序」の詩であり、次に表題作となった「春と修羅」だ。いまは聖者のように崇められている賢治であるが、かれの胸中にどれほど激しい憤怒が渦巻いていたかよく分かる。「四月の気層のひかりの底を／唾《つばき》し　はぎしりゆききする／おれはひとりの修羅なのだ」。この一編こそが、賢治自身が描く自画像ではないのか。そして三つ目の詩が、いまもわたしたちを激しく揺さぶる「永訣の朝」である。

きょうのうちに

とおくへいってしまうわたくしのいもうとよ
みぞれがふっておもてはへんにあかるいのだ
（あめゆじゅとてちてけんじゃ）
うすあかるくいっそう陰惨《いんざん》な雲から
みぞれはびちょびちょふってくる
（あめゆじゅとてちてけんじゃ）
青い蓴菜《じゅんさい》のもようのついた
これらふたつのかけた陶椀《とうわん》に
おまえがたべるあめゆきをとろうとして
わたくしはまがったてっぽうだまのように
このくらいみぞれのなかに飛びだした
（あめゆじゅとてちてけんじゃ）
蒼鉛《そうえん》いろの暗い雲から
みぞれはびちょびちょ沈んでくる
ああとし子

死ぬといういまごろになって
わたくしをいっしょうあかるくするために
こんなさっぱりした雪のひとわんを
おまへはわたくしにたのんだのだ
ありがとうわたくしのけなげないもうとよ

賢治と妹は、まさに二卵性双生児であり、たましいの恋人であった。三省がそれを意識していなかったはずはない。「とし子」と「のり子」という名が谺のように共鳴していたことは（おそらく最後の）手紙にも聴きとることができる。なにしろこの兄妹は、少年・少女のころ句会でまったく同じ句を作ってしまうほどよく似ていたのだから。そして妹の詩にも「永訣の朝」とそっくりの音色が鳴りひびいている。すぐそこに死が迫っている兄は、遠い小樽からやってきてくれた妹のために五右衛門風呂を焚く。幽鬼のように痩せおとろえた細い手で、薪をくべながら、ただ一心に火を焚きつづける。

兄が火を焚いてくれている。
今日の日の私のお風呂を尚もここちよいものにしようと、
パチパチ、シュルシュル、ボウボウと、
火を焚いてくれている。
もうすぐ死んでしまう兄が、
火を焚いてくれている。
この世での兄弟の最後の愛の証のように一心に
火を焚いてくれている。

（中略）

〈お兄さん、松葉の匂いがするね〉
〈うん。松の樹を焚いている。〉
〈お兄さん、桜の葉の匂いがするね〉
〈うん。桜の樹を焚いている。〉
〈お兄さん。杉の葉の匂いもするね〉
〈うん。杉の樹を焚いている。〉

〈お兄さん。森の匂いがするね〉
〈そうだ。森を焚いている。〉
五右衛門釜の外の兄と、釜の内の妹との
かなしい綾取り。静かな感応。

〈お兄さん。あの頃、の匂いがするね〉
〈ああ。あの頃を、焚いている。〉
今生の魂のシャム双生児
だった兄が、火を焚いてくれている。
もうすぐやってくる夜の闇のように、
まもなく閉じられる時間に間に合わせようと、
遺してゆく妹の生きる時間を仄かにも明らめようと、
兄がゆっくり火を焚いてくれている。

宮沢賢治の「永訣の朝」は、死にゆく妹への慟哭であった。そして、この『睡蓮』

に鳴りひびいているのは、死にゆく兄への慟哭である。兄妹が逆転しつつ、胸の奥で叫びながら、その声を洩《も》らすことなく、湯けむりと薪のけむりのなかで静かに相聞歌を交わしている。すでに母となった妹は裸身を湯に沈めている。兄は釜の外にかがみ込んで、ひたすら火を焚きつづける。今生での最後の贈りものである。雪のひとわん、屋久島の水を沸かした湯、燃えつづける森の木々。ここには霊的なエロスが鳴りひびいている。だがそれだけではない。賢治の「永訣の朝」にも見られなかった、同志的な思いもみなぎっている。辺境の島でひっそりとつつましく生きた詩人を、妹がどれほど誇らしく思っていたか、もう一編をひいてみよう。メッセージ性に惑わされることなく、ただ音色に耳を澄ましてほしい。ずっと昔、六〇年安保のとき国会へ押し寄せていく群れにまじっていた若い兄妹は、それから四十年ほど過ぎてから、雨が降りしきる夏の屋久島で、どんなきっかけなのか憲法第九条のことを口にのせる。すると、モルヒネで痛みをやわらげながら死の床についている兄は、このように答える。

《日本国憲法第九条は　あれだよ》
と兄が震える手で　緑が海のように波立つ

庭の澄んだ一点を　指さす
亜熱帯の島の　明るい夏の雨の中で
白い薔薇が冴え冴えと一輪　清冽に咲いている
張りつめた空気の中で　何という透明な静かさ
日本国憲法第九条は　雨の日の孤高の白い薔薇！
《件《くだん》の悪人たちに　高潔の匂い立つ白き薔薇
　やすやす　手折らせることならじ……だ》
幽鬼のように揺れて　眼光が　既に仏のように柔らかな
小さな詩人の色失せた唇から　蝶のように言葉が発つ
清しい詩人　哲理の人
その抵抗の個人運動のひとつの型として　生命を賭して生き
死んだ詩人よ
あれは　誇らしい　私の兄だ

その兄を、ドンキホーテと嘲笑うなら、嘲笑え、自分はサンチョパンサとなって白い薔薇の萼《がく》を支えつづけるものでありたいと、追いかけるように妹の決意が述べられていく。勁《つよ》いことばである。「永訣の朝」の兄は、うろたえながら「雪のひとわん」をとるためにくらいみぞれのなかへ飛びだしていくばかりである。だが降りしきる雨の中に冴え冴えと咲く花の萼を支えつづけるものでありたいという妹の決意は、賢治よりも兄よりも勁い。こまやかな情愛に満ちていながら、同志的であり、万葉的なおおらかさや永遠性がある。これは「妹の力」という言葉だけでは言い表せないほど勁く、遙かに大きなものだという気がしてならなかった。その不思議な力とはなにか思いあぐねているとき、ふっと胸に浮かんできたのは「おなり神」という言葉であった。

奄美や沖縄では、兄弟を守る姉妹の霊的な力を「オナリ」と呼ぶ。日々の糧をうるため、兄弟は小舟で荒海へ出ていく。戦へ出ていくこともある。そんな兄弟を、生涯にわたって姉妹が守りつづけるのだという。姉妹こそが守護神になるのだ。男たちはいやおうなく社会的に生きるしかない。だが姉妹のほうはあくまで自然そのものであり、しかもシャーマンのように兄弟を霊的に守りつづけていく。人類というやつはやっかいでおぞましいけれど、いたるところ「オナリ」の音色も鳴りひびいている。それは人類がたたえるきよらかなエロスであり、永遠性である。この『睡蓮』を読みふけりながら、「おなり神の歌」を聴きつづけていたような気がする。

みやうち・かつすけ　作家。主な著書に『南風』（文藝賞）、『金色の象』（野間文芸新人賞）、『焼身』（読売文学賞・文部科学大臣賞）、『永遠の道は曲りくねる』。

*

ぽえとりくす舎版へのあとがき

この半年、不思議な風が私の頭上を蜜蜂の羽音のように唸って旋回した。風はいつまでも吹き去らずにたえず次の新しい風を呼びこんで、私の日々を愛で、私の頬を撫でさすって「なを、生きよ、生きよ」と囁いたりもした。幸福な晩年、林住期への入り口だったのかもしれない。睡たげだった日常に爽やかに〝風穴〟があけられた。詩集『睡蓮』が、まるで「鳩が出ますよ」の魔法のように、出現した。いっときも信頼したことがない自分の詩が、こうしてまとまってみると、少し愛しいものに変身している。そう率直に思えることが嬉しくて、ここ数日、私は風の両手に「ほらね」と挟まれた頬をゆるめて、微笑んでばかりいる。

敬愛してやまない宮内勝典氏の解説エッセイにある通り、詩を書き始めたきっかけは、彼が、私達が本の家と呼ぶ海辺の書庫に「置き手紙」として意図的に佇ませた二冊の分厚い罫紙箋による。それを一冊づつ頒け、やすやすと私達は彼の優しい陥穽に落ちた。

早朝、机に向かう習慣が、その冬から始まった。夫は評論を、私は詩を書くことにのめり込んだ。生の全てを詩に賭して急逝した兄への弔い合戦だったのかもしれない。四年前のあの冬、私を襲ったのは心の襞をめくりあげるような勢いの熱風だった。憑かれたように書き綴ったものは詩と呼ぶには到底足りない稚拙なものだったが、何十篇もの〝らしきもの〟が私の中から奔出した。そのエクリチュールの起点、発火点はいつも、死んだ家族達が優しいまなざしで囁き合う岸辺だったと思う。詩は愛しい死者達との融通無碍の通路になった。明けやらぬ朝々に季節の大気を割ってやって来るのは、まさに母の声で、父の声で、妹の声で、兄の声で、先夫だった人の声だ。

たとえば解説で、花崎皋平氏と宮内勝典氏が偶然にも同時に取り上げてくださった『五右衛門風呂』も、「パチパチ　シュルシュル　ボウボウ」は疎開の折りの祖母の火守り囃子《はやし》であり、「あの頃を焚いている」というのは母が幼い頃から私達にくりかえした透きとおる火守り歌だった。家族の中で累々《るいるい》鳴りつづけたリズムを、私と兄とは風呂釜の内外で歌うように交わしたのだ。種痘のように消えない肉体に刻まれたリズムを、私と兄とは愛のように最後の夕宵、幸福に反芻した。

紙背から浮かびあがって、ゆらめいて広がってゆくものは、風、花、親愛、それに類《たぐい》したものばかりだった。詩法も技法も知識としては熟知しながら、それに組織されようとは思わなかった。やって来る、声、声、声、瑠璃色の幻声を詩の咽喉に巻き込む素朴なイタコでありたいと思いつづけた。だからこのたびの『睡蓮』の僥倖の上梓を欣喜雀躍しているのは、誰よりも星の岸に——鬼籍では銀河のほとりの純白星ヴェガに棲もうという暗黙の了解が家族にあった——さざめいて住まう家族達かもしれない。そのことも嬉しい。もし、この詩集から、なにがしかでも響き出すものがあるとしたら、それは天頂の、琴座の首星から降り注がれた音楽に違いない。その音楽に私は何度も蘇生させられて、精神の階段をそのたび辛うじて半歩のぼった。言葉のボルテージもその都度、多少上向いていったのではないかと、ささやかな自負である。

花崎氏の解説でのご指摘通り、世界性、社会性、さらには現代性が私の詩から大きく欠如していることにも気付かされた。次のステップでは、広角に時代を捉え、地球という水球の豊饒さを讃え、その巡りゆき巡り還る不易の時間の愛《かな》しみを謳いたい。

深く思想を照射する詩にも挑戦したい。言葉を真に孵化させたい。

児戯に等しい拙詩に、こうして眩しいほどの光をあてて下さり、その出版に心を砕いてくだすった、ぽえとりくす舎社主、工藤ゆり子さん、常日頃その薫陶に浸らせ続けて戴いている花崎皋平氏、嵩文彦氏、宮内勝典氏への尽きない謝意をそういう形で表出したい。それが今の私のもっとも深い切願である。

小樽詩話会の畏敬してやまない萩原貢氏にはこの四年間、とりわけ慈愛深く見守り育てて戴いた。

仲間達には合評会で厳しく鍛えて戴いた。

装画は憧れて長い銅版画「甘い息」を畏友森ヒロコさんから頂戴した。その含意の符号は今も胸にあまやかだ。誰方にも深甚の謝辞を頓首して捧げたい。

文中の引用文にも、著名なものには、その都度つけるべき注釈を、詩の流れのために恣意に省いた。ここに深々、お礼とお詫びを献上したい。

最後に、パソコンの操れない私にたえず寄り添って、善き筆耕者、批評者でありつづけてくれたユニークな伴侶《つれあい》にも深甚の感謝を申し述べる。

ボン・ボアイヤージュ。私の中で眼をあけた恩寵の詩達。『睡蓮』の航海。

二〇〇七年　冬

森ヒロコ「甘い息（II）」。ぽえとりくす舎版の装画として使用された。

野草社版へのあとがき

青鳩が石狩湾の薄い青色の海水を啜る日に

二〇〇七年のぽえとりくす舎からの『睡蓮』刊行の折、あとがきに「鳩が出ますよ」の魔法のように眩しく顕われ出た詩集、と書きました。

白い鳩がもう一度、二〇一八年、羽搏いて飛び翔ちます。目覚ましい手品としみじみ思わないではいられません。星の岸にいる家族たちの「生き残ったものは彼岸と此岸を詩の糸で結びつづけよ」という声を限りの声援《こぶ》に因るに違いないと確信しています。

もういなくなった家族たちの淡い影は、昨今、薄れるどころか濃くなる一方で、その気配はまだ生きるものの生温かさを放って私にまつわりつくばかりです。兄の畏友、小説家宮内勝典氏の優しい陥穽（?）に落ちて、還暦を幾つも過ぎてから詩を書き始めて、晩成、未だならず、習作の域を少しも出ませんが、海に、森に、樹に、虫に、花に溶け込んでいる、いくつもの死者の濃厚の気配に触れるたび、彼等に何か伝えたくて、詩に変えて、森に静かに角笛のように置きます。そうすると詩は小鳥のように枝々から無辺の青空を指して垂直に翔びます。返ってくるのは母の、父の、妹の、兄の歓喜の美しいビブラートを帯びた——私達は生前も透きとおる高い声の一族として暮らしました——笑い声です。

　蒼天から、過去の団欒の日の家族の、咀嚼の歯音までもが花びらとなって森に降ります。記憶のフレームから溢れだして、遠い暦が動き出します。

　私にとって詩は死者達への愛しい発語でした。波打ち際の水のように、さりさり引いては寄せ引いては寄せる、もういない家族との過去《すぎゆき》を慣習のように、詩でなぞりつづけています。死者達と深く繋がった日だけ、真新しい今日という日を私は漕ぎ出します。問いではない答えでもない、詩という一瞬の身顫いに今日を賭《あず》けます。メリーゴーランドのようなただ回るだけで精一杯の詩、息せき切った呼吸のようなせわしい詩しか書けませんが、それでも十数年前の詩達に今はいとおしさもよぎります。ゆくりなく紅潮させられたりもします。

『創世記』ノアの方舟の洪水のあの日にも、一羽の白鳩が新しい陸地を目指しました。生の日を追いつめて、間近いところで引き潮のざわめき始めた今日、偶然にも『睡蓮』再刊行を思い立って下さった野草社の皆様に、改めて熱い感謝を捧げます。初々しくオリーブの枝を咥えてみます。

長屋のり子　ながやのりこ

一九四〇年、東京都神田淡路町に生まれる。
一九六二年、学業を終える。卒論「川端康成」。
手芸誌編集長を経てノンフィクションライター。
著書に『お兄ちゃんをゆるして』（プレス東京出版）。
詩集に『睡蓮』（ぽえとりくす舍）、『蝶の背に乗って』（アニママニア協会）他。
現在、北海道小樽市在住。兄は詩人の山尾三省。

睡蓮　長屋のり子詩集

二〇一八年八月二十八日　第一版第一刷発行

著者　長屋のり子

発行者　石垣雅設

発行所　野草社
東京都文京区本郷二－五－一二　〒一一三－〇〇三三
電話　〇三－三八一五－一七〇一
ファックス　〇三－三八一五－一四二二
静岡県袋井市可睡の杜四－一　〒四三七－〇一二七
電話〇五三八－四八－七三五一
ファックス〇五三八－四八－七三五三

発売元　新泉社
東京都文京区本郷二－五－一二　〒一一三－〇〇三三
電話　〇三－三八一五－一六六二
ファックス　〇三－三八一五－一四二二

印刷・製本　萩原印刷

ISBN978-4-7877-1886-0　C0092